COLLECTION FOLIO

William Golding

L'envoyé extraordinaire

Traduit de l'anglais
par Marie-Lise Marlière

Gallimard

Cette nouvelle est extraite du recueil *Le dieu scorpion*
(L'Imaginaire n° 178).

Titre original :
THE EXTRAORDINARY ENVOY

Né à St. Columb Minor en Cornouailles en 1911, fils d'un instituteur, William Golding fait ses études au collège de Malbourough, puis à Oxford. Il travaille quelque temps dans un petit théâtre comme auteur, acteur et producteur avant de suivre les traces de son père en devenant enseignant. À peine marié avec Ann Brookfield qui lui donnera deux enfants, il est mobilisé dans la Royal Navy en 1940 et participe au débarquement en Normandie, expérience qui le marquera profondément ; on en retrouve la trace dans son roman *Chris Martin*, l'histoire d'un homme dont le destroyer vient d'être coulé et qui lutte pour ne pas se noyer. En 1945, il est décoré du titre de Commandeur de l'Ordre de l'Empire britannique. Après la guerre, il enseigne l'anglais à Salisbury dont la cathédrale lui inspirera *La Nef*. En 1954, il publie *Sa Majesté des Mouches* qui raconte les aventures d'une bande de garçons de six à douze ans jetés par un naufrage sur une île déserte montagneuse, où poussent des arbres tropicaux et où vivent des animaux sauvages. Les enfants ne tardent pas à s'affronter… Ce roman, qui souligne l'amoralité de l'enfance, rencontre rapidement un succès international et lui offre l'occasion de voyager. Dans les années 1960, Golding abandonne l'enseignement, se retire à la campagne pour se consacrer entièrement à l'écriture et publie de nombreux romans, recueils de poésie et nouvelles, dont *Le dieu Scorpion*, en 1971, où il utilise des cadres historiques pour décrire la méchanceté et l'hypocrisie des hommes. *Rites de passage*, premier volet de la *Trilogie maritime*, dans lequel il choisit de faire vivre le lecteur à bord d'un grand voilier, reçoit le Booker Price en 1980. Cinq ans plus tard, il est fait Chevalier par la Reine. En 1983, le prix Nobel vient couronner son œuvre ironique et désespérée. Sir William Golding meurt en juin 1993, laissant un roman inachevé, *Arieka*, publié à titre posthume.

Malgré une œuvre pourtant riche et pleine de paradoxes, William Golding est souvent considéré comme l'écrivain d'un seul roman.

Découvrez, lisez ou relisez les livres de William Golding :

CHRIS MARTIN (L'Imaginaire n° 150)

LE DIEU SCORPION (L'Imaginaire n° 178)

LA NEF (L'Imaginaire n° 81)

SA MAJESTÉ DES MOUCHES (Folio n° 1480 et Foliothèque n°25)

TRILOGIE MARITIME :

I. RITES DE PASSAGE (Folio n° 3681)

II. COUP DE SEMONCE (Folio n° 3682)

III. LA CUIRASSE DE FEU (Folio n° 3683)

1

LA DIXIÈME MERVEILLE

Les rideaux qui séparaient la loggia du reste de la villa ne pouvaient servir de protection contre la voix de l'eunuque. Son discours sur la passion était compréhensible, mais divinement impersonnel. Il formait des volutes et prenait son essor, il insistait sur un tiers de ton qui dénonçait le martyre d'un homme, se brisait en un chevrotement maîtrisé, plongeait, haletait et syncopait adroitement pour reprendre souffle. Le jeune homme qui se tenait debout contre l'une des colonnes de la loggia continuait de rouler la tête d'un côté à l'autre. Son front était creusé de sillons aussi profonds que sa jeunesse pouvait les tracer et ses paupières n'étaient pas plissées, mais baissées comme si elles pesaient d'une insupportable fatigue. Plus loin et au-dessous, le jardin était inondé de la lumière du couchant. Une lueur, aussi impersonnelle que la voix de l'eunuque, embrasait le ciel au-dessus de sa tête ;

mais même ainsi, l'on pouvait se rendre compte qu'il était ravissant à voir, grand, les cheveux roux, l'air doux. Ses lèvres frémirent, il soupira.

Le vieillard qui était assis si paisiblement près de l'autre pilier de la loggia leva les yeux de son ouvrage.

— Mamilius.

Mamilius haussa les épaules sous sa toge, mais n'ouvrit pas les yeux. Le vieil homme l'examina un moment. Il était difficile de lire l'expression de son visage, car le dallage renvoyait les rayons du soleil qui l'éclairaient de bas en haut, de sorte que le nez paraissait aplati et que la bouche portait un air de bienveillance artificielle. Peut-être dissimulait-elle un sourire inquiet. Il haussa un peu la voix.

— Qu'il se remette à chanter.

Trois notes d'une harpe, tonique, sous-dominante, dominante, fondations de l'univers. La voix monta, tandis que le soleil continuait de baisser avec une assurance lointaine et calme. Mamilius tressaillit, le vieillard fit un geste de la main gauche et la voix se tut comme s'il l'avait éteinte.

— Viens ! Dis-moi ce qui te tourmente.

Mamilius ouvrit les yeux. Il tourna la tête de côté et abaissa son regard sur les jardins qui descendaient de niveau en niveau, pelouses ombragées d'ifs, de cyprès et de genévriers qui leur donnaient un aspect conventionnel, et considéra nonchalamment le dernier niveau de tous, la mer étincelante.

— Tu ne comprendrais pas.

Le vieillard croisa ses pieds chaussés de sandales sur le tabouret et se pencha en arrière. Il rassembla le bout de ses doigts : à l'un d'eux brillait un anneau d'améthyste. Le couchant teintait sa toge plus somptueusement que les Syriens n'auraient pu le faire et la large bordure pourpre paraissait noire.

— Comprendre, c'est mon affaire. Après tout, je suis ton grand-père, bien que tu n'appartiennes pas à la branche principale de l'arbre impérial. Dis-moi ce qui te tourmente.

— Le temps.

Le vieil homme hocha gravement la tête.

— Le temps glisse entre nos doigts comme de l'eau. Nous restons bouche bée d'étonnement à voir combien peu il en reste.

Mamilius avait fermé les yeux, les sillons s'étaient de nouveau creusés et sa tête avait recommencé de rouler contre la colonne.

— Le temps reste immobile. Il y a une éternité entre un sommeil et un autre. Je ne peux pas supporter la durée de la vie.

Le vieillard réfléchit un moment. Il plongea

une main dans un panier posé à sa droite, en sortit un papier qu'il parcourut et jeta dans un autre panier placé à sa gauche. Le travail assidu de mains nombreuses et adroites avait contribué à lui donner cet air de fine distinction qu'il arborait même devant ce jardin et dans cette lumière. L'art lui apportait cette perfection, du cuir chevelu luisant sous les rares cheveux blancs jusqu'au bout des orteils soignés.

— Des millions de gens doivent penser que le petit-fils de l'Empereur... même issu d'un mariage de la main gauche... est parfaitement heureux.

— J'ai traversé les sources du bonheur.

L'Empereur fit un bruit soudain qui aurait pu être les prémices d'un éclat de rire, s'il n'avait pas fini en une quinte de toux qu'il termina en se mouchant à la façon romaine. Il revint à ses papiers.

— Il y a une heure, tu voulais m'aider à trier ces suppliques.

— C'était avant d'avoir commencé à les lire. Le monde entier ne pense-t-il à rien d'autre qu'à mendier tes faveurs ?

Un rossignol voleta à travers le jardin, trouva un endroit pour se reposer dans le côté obscur d'un cyprès et essaya quelques notes.

— Écris encore quelques-uns de ces vers

exquis comme tu sais les faire. J'ai particulièrement apprécié ceux que tu destinais à être gravés sur une coquille d'œuf. Ils ont séduit le gastronome que je suis.

— J'ai découvert que quelqu'un d'autre l'avait fait avant moi. Je n'écrirai plus.

Alors, pendant un moment, ils restèrent silencieux, prêts à écouter le rossignol ; mais, comme s'il avait eu conscience de la trop haute qualité des auditeurs, il renonça à chanter et s'envola.

Mamilius secoua sa toge.

— Pleurer Itys depuis si longtemps. Quelle passion imbécile !

— Essaie-toi aux autres arts.

— La déclamation ? La gastronomie ?

— Tu es trop timide pour l'une et trop jeune pour l'autre.

— Je croyais que tu te réjouissais de l'intérêt que je porte à la cuisine.

— Tu causes, Mamilius, mais tu ne comprends pas. La gastronomie n'est pas le plaisir de la jeunesse, mais son évocation.

— Le Père de son Pays se plaît à être obscur. Et je m'ennuie toujours.

— Si tu n'étais pas si merveilleusement diaphane, je te prescrirais du séné.

— Je suis d'une affligeante régularité.

— Une femme ?

— J'espère être plus civilisé que cela.

Cette fois, l'Empereur fut incapable de se maîtriser. Il tenta d'effacer de son visage le rire qui bouleversait ses traits, mais, au lieu de cela, ce fut son corps qui se tordit. Il renonça et rit jusqu'à ce que les larmes lui jaillissent des yeux. La teinte rouge qui avait envahi le visage de son petit-fils fonça, rejoignit en vivacité la couleur du couchant et la dépassa.

— Suis-je si drôle ?

L'Empereur s'essuya les joues.

— Je suis désolé. Je me demande si tu veux bien comprendre qu'une partie de mon affection pour toi prend sa source même dans ta... Mamilius, tu te veux tellement à la mode que tu n'oses pas t'amuser de peur de paraître démodé. Si seulement tu pouvais voir le monde à travers mes yeux qui s'affaiblissent et regrettent !

— L'ennui, grand-père, c'est que je n'en ai même pas envie. Il n'y a rien de nouveau sous le soleil. Tout a été inventé, tout a été écrit. Le temps s'est arrêté.

L'Empereur lança un autre papier dans le panier.

— As-tu entendu parler de la Chine ?

— Non.

— J'ai dû entendre parler de la Chine il y a une vingtaine d'années. C'était une île, pensais-je, plus loin que l'Inde. Depuis lors, des informations fragmentaires et disparates ont filtré jusqu'à moi. Sais-tu, Mamilius, que la Chine est un empire plus vaste que le nôtre ?

— C'est une absurdité. Une contradiction de nature.

— Il n'en reste pas moins qu'elle est vraie. Je me trouve parfois plongé dans un abîme d'étonnement lorsque j'imagine cette boule de terre tenue, pour ainsi dire, entre deux mains — l'une d'un brun clair et l'autre, selon mes informations, d'un jaune bilieux. Peut-être qu'enfin l'homme sera mis en présence de son frère jumeau, depuis longtemps perdu, comme dans cette comédie.

— Histoire de voyageurs.

— J'essaie de te prouver combien la vie est vaste et merveilleuse.

— Me proposerais-tu de faire un voyage d'exploration ?

— Tu ne pourrais y aller par mer et, si tu suivais les pistes ou les cours d'eau, il te faudrait dix ans, à condition que les Arimaspiens t'y autorisent. Reste à la maison et distrais un vieil homme que gagne la solitude.

— Merci de m'autoriser à être ton bouffon.

— Fils, dit l'Empereur énergiquement, va-t'en prendre part à une bonne bataille bien sanglante.

— Je laisse ce genre d'activité à votre héritier officiel. Posthumus est un bagarreur sans aucune sensibilité. Il peut avoir toutes les batailles qu'il veut. D'ailleurs, une bataille diminue la valeur de la vie et je lui en trouve déjà trop peu.

— Alors le Père de son Pays ne peut rien faire pour son propre petit-fils.

— J'en ai assez de me tourner les pouces.

L'Empereur le regarda plus attentivement que cette remarque ne semblait le justifier.

— Ai-je donc été si bête ? Fais attention, Mamilius. Une des conditions de notre amitié exceptionnelle, c'est que tu prennes bien garde de ne pas t'attirer d'ennuis. Continue de te tourner les pouces. Je veux que tu vives cette longue vie même si tu dois à la fin mourir d'ennui. Ne deviens pas ambitieux.

— Je n'ai pas l'ambition du pouvoir.

— Continue d'en convaincre Posthumus. Laisse-le gouverner. Il aime ça.

Mamilius regarda les rideaux, fit un pas en avant et murmura à l'Empereur :

— Pourtant, tu préférerais que j'hérite de la bordure pourpre de ta toge !

L'Empereur se pencha en avant et lui répondit d'un ton pressant.

— Si ses agents t'entendaient, ni toi ni moi

ne vivrions un an. Ne redis plus jamais une chose comme celle-là. C'est un ordre.

Mamilius retourna à sa colonne, tandis que l'Empereur prenait un autre papier, le tenait à la lueur du couchant et le jetait de côté. Pendant un moment, ils demeurèrent silencieux. Le rossignol, certain de l'obscurité et de l'intimité du lieu, revint au cyprès et à sa chanson. L'Empereur parla enfin avec douceur.

— Descends les marches, traverse la pelouse qui tapisse si agréablement ce vallon ; passé le bassin aux nénuphars, marche avec précaution et pénètre dans la galerie à flanc de coteau. Une centaine de pas plus loin, tu te trouveras sur le quai du port...

— Je connais assez bien le voisinage...

— Tu ne pourras pas voir grand-chose lorsque tu seras arrivé ; mais dis-toi : « Ici, abrités de la mer par les deux quais, il y a une centaine de vaisseaux, un millier de maisons, dix mille personnes. Et tous donneraient leurs deux oreilles pour être le petit-fils bâtard, mais préféré de l'Empereur. »

— Des entrepôts, des tavernes, des bordels. Goudron, huile, fange, merde et sueur.

— Tu détestes l'humanité.

— Et toi ?

— Je l'accepte.

— Je l'évite.

— Il faut que nous obtenions de Posthumus qu'il t'accorde le gouvernement d'une province. L'Égypte ?

— La Grèce, si possible.

— Réservée, j'en ai bien peur, dit l'Empereur avec regret. Il y a même une liste d'attente.

— Alors, l'Égypte.

— Une partie de l'Égypte. Si tu y vas, Mamilius, ce sera dans ton propre intérêt. À ton retour, tu ne trouveras plus de moi que des cendres et un monument ou deux. Sois heureux, ne serait-ce que pour faire plaisir à un vieux serviteur de l'État.

— Comment puis-je trouver le bonheur en Égypte ? Il n'y a rien de nouveau, même pas hors d'Afrique.

L'Empereur déroula un autre papier, y jeta un coup d'œil, sourit, puis il se laissa aller à rire.

— Voici quelque chose de nouveau pour toi. Ce sont deux de tes futurs sujets. Tu ferais bien de les voir.

Nonchalamment, Mamilius accepta le papier et, tournant le dos à l'Empereur, il le leva vers la lumière. Il en lâcha l'extrémité, lança un regard par-dessus son épaule en grimaçant un sourire, tandis que le document s'enroulait sur lui-même. Il se retourna et leurs regards qui riaient se rencontrèrent. L'Empereur s'esclaffa ; il s'en donnait à cœur joie, rajeuni, enchanté. Mamilius parut brusquement plus jeune, son rire manqua de fermeté.

— Il veut jouer aux petits bateaux avec César.

Ils se mirent à rire ensemble, tandis que chantait le rossignol. L'Empereur fut le premier à reprendre son sérieux. Il fit un signe de tête pour désigner les rideaux. Mamilius s'en approcha, écarta l'un d'eux et parla d'une voix froide et cérémonieuse.

— L'Empereur va recevoir les solliciteurs Phanocle et Euphrosyne.

Puis il reprit sa place près du pilier et l'Empereur et lui échangèrent des signes de tête et des sourires conspirateurs.

Mais on ne pouvait approcher César comme s'il n'était qu'un simple humain. Un secrétaire gras écarta les rideaux, se laissa tomber sur un genou et posa les tablettes sur l'autre. Avec un bruit de pieds et un son métallique, un soldat en armure s'avança au pas dans la loggia. Il se mit au garde-à-vous derrière l'Empereur et légèrement de côté, puis il fit crisser en la dégainant une épée qu'il tendit, dans un flamboiement, à la verticale. Il y eut un murmure de voix derrière le rideau que deux esclaves écartèrent. Quelqu'un frappa le dallage d'un bâton.

— L'Empereur vous autorise à l'approcher.

Un homme passa sous le rideau, suivi d'une femme portant un fardeau. Les esclaves laissèrent tomber le rideau et l'homme demeura un moment immobile, probablement aveuglé par le soleil couchant, de sorte qu'ils disposèrent de quelques instants pour l'examiner. Il portait une tunique de teinte claire et par-dessus un long manteau vert. Ses cheveux bruns et sa barbe étaient incultes, ébouriffés, soit par le vent qu'il produisait en se déplaçant, soit par quelque insolence extérieure du temps à qui l'on ne permettait pas d'envahir la retraite de l'Empereur. Le manteau était élimé, rapiécé et poussiéreux. Nul n'avait pris soin de ses mains et de ses pieds. Ses traits étaient lourds, irréguliers, et ne pouvaient en aucune façon être tenus pour autre chose que le devant d'une tête.

La femme qui l'avait suivi se retira dans le coin sombre qui semblait être conforme à sa nature. Elle n'était guère plus qu'une colonne de draperie, car un voile lui couvrait la tête et ses plis souples lui cachaient le visage. Elle se tenait à l'écart des hommes et penchait la tête sur le fardeau qu'elle portait. Le cou-de-pied soulevait la longue robe et révélait une sandale et quatre pouces d'un pied ravissant. Le soldat ne fit aucun mouvement derrière son épée ; mais son regard glissa de côté vers elle et la fouilla, l'inventoria, lui ôtant adroitement ses vêtements, jugeant avec l'habileté intuitive d'une longue pratique, d'après les quelques indices qu'elle lui offrait, la femme qui se trouvait dessous. Il vit une main à demi cachée, la forme ronde d'un genou sous l'étoffe. Ses yeux retrouvèrent leur fixité, séparée en deux par la lame de l'épée. Ses lèvres se pincèrent et s'arrondirent. Si le moment et l'endroit avaient été plus propices, en exhalant un peu d'air, elles eussent sifflé.

Soupçonnant sa conduite, l'Empereur lança un rapide coup d'œil derrière lui. Les yeux du soldat regardaient droit devant eux. Il était impossible de croire qu'ils eussent bougé ou qu'ils bougeraient jamais plus. L'Empereur jeta un regard sur Mamilius.

Il observait la femme de côté, ses yeux, pivotant, la fouillaient, lui ôtaient ses vêtements, jugeaient avec l'optimisme intuitif et sans limites de la jeunesse la femme qui se trouvait dessous.

L'Empereur, heureux, se renversa en arrière. L'homme s'approcha de la femme, lui prit le paquet, mais ne vit pas où le poser. Il regarda avec insistance de ses yeux myopes le tabouret de l'Empereur. Celui-ci fit signe du doigt à son secrétaire.

— Prends des notes.

Il regarda Mamilius avec bonté, d'un air de triomphe.

— Les Pierres de Pyrrha, la Création Spontanée de Jéhovah, ou l'Argile Rouge de Thot : mais il m'a toujours semblé qu'un dieu a trouvé l'homme à quatre pattes, qu'il lui a mis un genou dans le creux des reins et que, d'un coup sec, il l'a fait se redresser. Le sensualiste admet cette idée. Le sage s'en souvient.

Mais Mamilius n'écoutait pas.

L'homme à la tenue désordonnée se décida. Il débarrassa le paquet de quelques toiles, se pencha et plaça une maquette de bateau sur le sol entre l'Empereur et Mamilius. Elle avait environ un mètre de long et elle était sans beauté. Le regard de l'Empereur allait de l'homme à la maquette.

— Tu es Phanocle ?

— Phanocle, César, fils de Myron d'Alexandrie.

— Myron ? Tu es bibliothécaire.

— Je l'étais, César — bibliothécaire adjoint — jusqu'à ce que...

Il fit un geste d'une extraordinaire violence en direction du bateau. L'Empereur n'avait pas cessé de le regarder.

— Et tu veux jouer aux petits bateaux avec César ?

Il était capable de ne pas montrer son amusement sur son visage, mais sa voix le trahit. Phanocle, en désespoir de cause, se tourna vers Mamilius ; mais celui-ci était encore occupé, et, cette fois, plus ouvertement. Soudain, de la bouche de Phanocle s'échappa un flot de paroles.

— Il y a eu obstruction, César, du haut jusqu'en bas. Je perdais mon temps, ils disaient, et je faisais de la magie noire, disaient-ils en riant. Je suis pauvre et quand les deniers de mon père — il m'en avait laissé un peu, vous comprenez — pas beaucoup — et je les ai dépensés — qu'allons-nous faire, César ?

L'Empereur l'observait sans rien dire. Il s'aperçut que Phanocle n'avait pas été aveuglé par le soleil couchant. Les derniers rayons suffisaient à lui montrer que l'homme était myope. Cette perception amoindrie lui donnait un air ahuri et furieux, comme si une source d'étonnement et d'outrage perpétuels se trouvait suspendue dans l'air vide à un mètre devant son nez.

— ... Et je savais que si seulement je pouvais me présenter devant César...

Mais il s'était heurté à des empêchements de plus en plus nombreux, raillerie, incompréhension, colère, persécution.

— Combien as-tu payé pour me voir aujourd'hui ?

— Sept pièces d'or.

— Cela me paraît raisonnable. Je ne suis pas à Rome.

— C'était toute ma fortune.

— Mamilius. Veille à ce que Phanocle soit remboursé des frais occasionnés par sa visite. Mamilius !

— César.

L'ombre descendait doucement du toit de la loggia et sourdait des recoins. Le rossignol chantait encore dans le haut cyprès. Le regard de l'Empereur se posa, comme celui du soldat, sur la femme voilée, puis, différent en cela, sur Mamilius.

— Et votre sœur ?

— Euphrosyne, César, femme libre et vierge.

L'Empereur souffrit que sa paume se retournât et que son doigt se recourbât, si bien que la main posée sur ses genoux eut enfin l'air de faire signe d'approcher. Mue par une force irrésistible, Euphrosyne quitta sans bruit le coin où elle se tenait et s'avança vers l'Empereur. Les plis de son vêtement se remirent en ordre et le voile flotta sur sa bouche.

L'Empereur lança un coup d'œil à Mamilius et se dit : « Il n'y a rien de nouveau sous le soleil. »

Il se tourna vers Euphrosyne.

— Demoiselle, laisse-nous voir ton visage.

Phanocle fit brusquement un pas en avant, mais se trouva arrêté par le modèle réduit.

Il fit un pas de côté pour éviter de l'endommager.

— César...

— Il faut t'habituer à nos coutumes occidentales.

Il jeta un regard sur les pieds chaussés de sandales, le genou galbé, puis il releva les yeux vers les mains incroyables, si étroitement crispées dans l'étoffe du vêtement. Il fit un signe de tête plein de bienveillance et tendit la main ornée d'une améthyste en gage de bonne foi.

— Nous n'avons pas l'intention d'être discourtois, demoiselle. La modestie est l'ornement qui convient à la virginité. Mais montrez-nous au moins vos yeux, afin que nous puissions savoir à qui nous parlons.

Sa tête, sous le voile, se tourna vers son frère, mais, les mains serrées et la bouche ouverte, il ne pouvait rien pour elle. Enfin, une main s'abaissa légèrement sur la poitrine, le voile tomba un peu et révéla la partie supérieure du visage. Elle regarda l'Empereur et puis sa tête se courba comme si tout son corps n'était que la tige d'un pavot, à peine assez forte pour la soutenir.

L'Empereur lui rendit son regard, les sourcils froncés, le sourire aux lèvres. Il ne dit rien, mais le désir qu'il n'avait pas exprimé avait été compris. Les rideaux s'écartèrent et trois femmes pénétrèrent d'un pas solennel dans la loggia. Chacune d'elles semblait porter une double poignée de lumière dans ses mains formées en coupe, de sorte que les visages étaient éclairés et les doigts avaient une transparence couleur de rose. L'Empereur, les yeux toujours fixés sur Euphrosyne, se mit à disposer ces lampes indéfinissables d'un mouvement du doigt. Il fit signe à l'une d'elles de se placer à droite et en avant de la jeune fille, à l'autre de se mettre devant, de sorte qu'aussitôt la lumière joua, scintillante, dans ses cheveux. Il fit s'approcher la troisième, plus près, encore plus près, lui ordonna de s'élever jusqu'à ce qu'elle fût au niveau du visage, du côté gauche, si proche que la chaleur fit voleter une boucle, près de l'oreille.

L'Empereur se tourna vers Mamilius, qui ne dit rien. Il avait l'air bouleversé, comme si on venait de le tirer brusquement d'un sommeil profond. D'un mouvement vif, Euphrosyne se couvrit de nouveau le visage, et ce fut comme si une quatrième lumière avait été éteinte. L'épée du soldat tremblait.

L'Empereur se renversa dans son fauteuil et s'adressa à Phanocle.

— Vous nous avez amené la dixième merveille du monde.

Le visage de Phanocle était inondé de sueur. Il regarda le modèle réduit d'un air à la fois soulagé et ahuri.

— Mais je n'ai pas expliqué, César...

L'Empereur agita la main.

— Calmez-vous. On ne vous veut aucun mal, ni à vous ni à votre sœur. Mamilius, ils sont nos hôtes.

Mamilius laissa échapper son souffle et regarda l'Empereur. Il se mit à tourner la tête nerveusement d'un côté à l'autre, comme s'il essayait de se libérer de liens invisibles. Cependant, la déclaration de l'Empereur avait donné le branle à un autre cérémonial. Les femmes s'alignèrent de façon à éclairer l'encadrement de la porte drapé de rideaux ; arriva alors l'intendante, l'air sérieux, désireuse de puiser dans l'abondance de ses réserves. Elle inclina la tête devant l'Empereur, devant Mamilius et Euphrosyne qu'elle prit par le poignet et emmena. Les rideaux retombèrent ensemble et la loggia se trouva enfin plongée dans l'obscurité, les lumières les plus vives venant de l'endroit où les bateaux de pêche dansaient près de leurs filets. Mamilius s'approcha de Phanocle et lui parla d'une voix qui rappela l'époque récente de la mue.

— À quoi ressemble sa voix ? Comment parle-t-elle ?

— Elle parle très rarement, seigneur. Je ne peux pas me rappeler la qualité de sa voix.

— Les hommes ont construit des temples pour des objets de moindre beauté.

— C'est ma sœur !

L'Empereur s'agita dans son fauteuil.

— Si tu es si pauvre, Phanocle, ne t'est-il jamais venu à l'idée de faire fortune grâce à une brillante alliance ?

Phanocle jeta un regard éperdu tout autour de la loggia, comme s'il était pris au piège.

— Quelle femme veux-tu que j'épouse, César ?

Dans le silence incrédule qui suivit ces paroles, le rossignol répandit un ruisselet de notes. Il avait évoqué l'étoile du soir qui scintillait maintenant dans un coin de bleu intense entre les ténèbres des genévriers. Mamilius parla de sa voix d'enfant :

— A-t-elle quelque ambition, Phanocle ?

L'Empereur rit un peu.

— Une jolie femme est sa propre ambition.

— Elle est toutes les raisons au monde de la poésie.

— Tu as un style corinthien, Mamilius. Cependant... continue.

— Elle est d'une simplicité épique.

— Tes éternités d'ennui suffiront pour les vingt-quatre livres.

— Ne ris pas de moi.

— Je ne ris pas. Tu m'as donné beaucoup de bonheur. Phanocle... comment as-tu préservé ce phénix ?

Phanocle tâtonnait dans une double obscurité.

— Que veux-tu que je dise, César ? C'est ma sœur. Sa beauté est venue, pour ainsi dire, pendant la nuit.

Il s'arrêta, cherchant ses mots. Ils jaillirent de lui.

— Je ne te comprends pas, ni toi ni aucun homme. Pourquoi ne peuvent-ils nous laisser être ? De quelle importance est la façon dont se couchent les individus ? Quand il y a un semblable océan à nos pieds de rapports éternels à sonder ou à confirmer ?

Ils entendirent dans l'obscurité un son pareil à un gloussement sorti de la gorge de Phanocle, comme s'il allait être malade. Mais quand il parla, les mots furent aussitôt pleins d'ordre et d'insignifiance.

— Si on laisse glisser une pierre de sa main, elle tombe.

Le fauteuil de l'Empereur craqua.

— J'espère que nous allons pouvoir te suivre.

— Chaque matière a les affinités d'une nature immuable et éternelle pour toutes les autres matières. Un homme qui les comprend... ce seigneur-ci...

— Mon petit-fils, le seigneur Mamilius.

— Seigneur, as-tu de bonnes notions de droit ?

— Je suis romain.

Mamilius sentit le vent que produisirent des bras s'ouvrant largement. Il scruta l'obscurité de la loggia et discerna une forme sombre qui gesticulait.

— Eh bien alors ! tu peux te mouvoir aisément dans le monde des lois. Je suis capable de me mouvoir dans le monde de la matière et de l'énergie, parce que j'attribue à l'univers une intelligence au moins aussi grande que celle d'un homme de loi. De même que toi, qui connais les lois, pourrais faire de moi ce que tu voudrais, de même je peux faire ce que je veux de l'univers.

— Embrouillé, dit l'Empereur. Illogique et particulièrement insolent. Dis-moi, Phanocle. Quand tu parles ainsi, est-ce qu'on ne t'a jamais dit que tu étais fou ?

Le visage ahuri de Phanocle parut avancer en

flottant dans les ténèbres. Il sentit intuitivement la présence de la maquette et souhaita l'éviter. Puis il y eut quelque chose devant son visage — la lame d'une épée qui brillait faiblement. Il s'en écarta maladroitement.

L'Empereur répéta les mots comme s'il ne les avait pas dits avant.

— ... dit que tu étais fou ?

— Oui, César. C'est pourquoi je... j'ai rompu toute relation avec la bibliothèque.

— Je comprends.

— Est-ce que je suis fou ?

— Continue.

— L'univers est une machine.

Mamilius s'agita.

— Es-tu magicien ?

— Il n'y a pas de magie.

— Ta sœur est une preuve vivante, un résumé de la magie.

— Alors, elle sort des limites des lois naturelles.

— Cela se peut bien. La poésie a-t-elle sa place dans ton univers ?

Phanocle se tourna, anxieux, vers l'Empereur.

— Voilà comme ils parlent tous, César. La poésie, la magie, la religion...

L'Empereur eut un petit rire étouffé.

— Fais attention, Grec. Tu parles au Pontifex Maximus.

Phanocle, d'un geste vif, avança l'ombre d'un doigt vers le visage de l'Empereur.

— Est-ce que César croit ce en quoi le Pontifex Maximus se doit de croire ?

— Je préfère ne pas répondre à cette question.

— Seigneur Mamilius. Crois-tu du fond de ton cœur qu'il existe une force poétique imprévisible, irraisonnable, en dehors de tes rouleaux de papier ?

— Comme ta vie doit être ennuyeuse !

— Ennuyeuse ?

Il fit un demi-pas vers l'Empereur, se rappela l'épée et s'arrêta à temps.

— Je passe ma vie dans un état d'étonnement ravi.

L'Empereur lui répondit avec patience.

— Alors, un simple Empereur ne peut rien faire pour toi. Diogène dans son tonneau n'était pas plus heureux que toi. Tout ce que je peux faire est de me tenir à l'écart du soleil.

— Pourtant, je suis sans ressources. Sans ton aide, je dois mourir de faim. Avec elle, je peux changer la face du monde.

— Dans le sens d'une amélioration ?

— Il est fou, César.

— Qu'il le soit, Mamilius. Phanocle, mon expérience m'enseigne que les changements se font toujours en mal. Cependant, j'accueille favorablement ta demande pour me... par égard pour ta sœur. Que veux-tu ?

On avait entravé ses projets. Le bateau, et non sa sœur, était la dixième merveille ; il ne comprenait pas les hommes, mais avec ce vaisseau, l'Empereur serait plus illustre qu'Alexandre. Mamilius avait cessé d'écouter ; il se parlait tout bas et battait la mesure d'un doigt.

L'Empereur ne dit rien tandis que divaguait Phanocle ; il ne fit aucun geste, mais il souffrit que se formât autour de lui un peu d'air frais et qu'il se répandît au-dehors. Enfin, malgré toute l'insensibilité de l'homme, sa voix se troubla et s'arrêta.

Mamilius parla.

— L'éloquence muette de la beauté...

— J'ai déjà entendu cela quelque part, dit l'Empereur d'un air pensif. Bion, je pense, ou peut-être Méléagre ?

Phanocle s'écria :

— César !

— Ah, oui. Ton modèle réduit. Que veux-tu ?

— Qu'on apporte de la lumière.

L'une des femmes revint avec la solennité rituelle dans la loggia.

— Comment appelles-tu cette maquette ?

— Elle n'a pas de nom.

— Un bateau sans nom ? Trouves-en un, Mamilius.

— Il ne m'intéresse pas, l'*Amphitrite.*

Mamilius bâilla avec minutie.

— J'aimerais, Grand-père, avec ta permission...

L'Empereur lui adressa un sourire rayonnant.

— Assure-toi que nos hôtes sont confortablement installés.

Mamilius s'élança vers le rideau.

— Mamilius !

— César ?

— Je regrette que tu t'ennuies à ce point.

Mamilius s'arrêta.

— Moi, m'ennuyer ? Oui. Je m'ennuie. Dors bien, Grand-père.

Mamilius s'éloigna d'un pas mesuré et franchit les rideaux avec un air d'indifférence nonchalante.

À peine fut-il hors de vue qu'on entendit ses pas se précipiter. L'Empereur rit et abaissa les yeux sur le bateau.

— Il est incapable de tenir la mer, son fond est plat, il est mal assis sur l'eau et son étrave est aussi basse que celle d'une barge à grains. Quels sont ces ornements ? Ont-ils un sens religieux ?

— Pas exactement, César.

— Ainsi, tu veux jouer aux petits bateaux avec moi ? Si je n'étais pas charmé de ta naïveté, je serais mécontent de ton audace.

— J'ai trois jouets pour vous, César. Celui-ci n'est que le premier.

— Je t'écoute.

— César, avez-vous jamais vu bouillir de l'eau dans une marmite ?

— Oui.

— Elle produit une grande quantité de vapeur qui s'échappe dans l'air. Si la marmite était fermée, que se passerait-il ?

— La vapeur ne pourrait s'échapper.

— La marmite éclaterait. La force exercée par la vapeur est colossale.

— Vraiment ! dit l'Empereur avec intérêt. As-tu jamais vu une marmite éclater ?

Phanocle se maîtrisa.

— Plus loin que la Syrie, il y a une tribu sauvage. Elle vit sur une terre riche en huile naturelle et en vapeurs inflammables. Quand les membres de cette tribu veulent faire la cuisine, ils conduisent la vapeur dans des tuyaux jusqu'à des poêles installés à côté de leur maison. La viande que mangent ces indigènes est dure et doit être cuite longtemps. Ils posent sur un plat un autre plat renversé. Alors la vapeur produit une pression à l'intérieur de la marmite qui pénètre la viande et la cuit complètement et rapidement.

— La vapeur ne fait-elle pas éclater la marmite ?

— Non, et c'est là l'ingéniosité de l'appareil. Si la pression devient trop forte, elle soulève le couvercle et permet à la vapeur de s'échapper. Mais ne comprends-tu donc pas ? La partie supérieure est soulevée... la vapeur pourrait soulever un poids qu'un éléphant refuserait.

L'Empereur, assis très droit, se pencha en avant, les mains posées sur les bras du fauteuil.

— Et la saveur, Phanocle ! Elle sera renfermée ! Toute la merveilleuse intention du comestible sera conservée par magie !

Il se leva et se mit à arpenter la loggia.

— Nous goûterions enfin la viande pour la première fois...

— Mais...

— J'ai toujours été un primitif en ce qui concerne la viande. Le pied d'éléphant et le mammouth, vos plats rares, épices et sauces, ils sont de peu de mérite et vulgaires. Mon petit-fils objecterait qu'il est bon d'explorer toutes les variétés et de repousser, en quelque sorte, les frontières de nos expériences gustatives...

— Mon bateau...

— ... mais c'est le fait d'un jeune homme. Goûter à une viande dans son exquise simplicité serait un retour à ces expériences de jeunesse que le temps a émoussées. Il y aurait un feu de bois, une saine fatigue des membres, et si possible une sensation de danger. Et puis, un robuste vin rouge...

Ils étaient l'un en face de l'autre, la bouche ouverte, mais pour des raisons différentes.

— Phanocle, nous sommes à la veille d'une découverte immense. Comment les indigènes nomment-ils leurs deux plats ?

— Un autoclave.

— En combien de temps peux-tu m'en fabriquer un ? Ou bien, peut-être que si nous retournions simplement un plat sur un autre...

Il tapotait d'un doigt la paume de son autre main, le regard fixé de côté sur le jardin qu'il ne voyait pas.

— ... ou peut-être du poisson ? de la volaille ? À tout prendre, je crois que le poisson est préférable. Il faudrait trouver un petit vin blanc d'une modestie suffisante pour renoncer à toute ambition personnelle et se montrer d'une parfaite discrétion. Truite ? Turbot ? Et en même temps d'une probité suffisante pour attendre, prêt à servir avec dévouement...

Il se tourna vers Phanocle.

— Il y a un vignoble méridional, quelque part en Sicile, si seulement je pouvais me rappeler le nom...

— César !

— Tu vas dîner avec moi ce soir et nous allons établir un plan d'action. Oui, je dîne très tard. Je trouve que cela me donne de l'appétit.

— Mais mon navire, César !

— L'*Amphitrite* ?

À moitié levé, prêt à partir, l'Empereur attendit.

— Je pourrais te donner n'importe quoi, Phanocle. Que veux-tu ?

— Quand le vent tombe, qu'arrive-t-il à un bateau ?

Avec indulgence, l'Empereur se tourna vers lui.

— Il attend qu'il se lève à nouveau. Le capitaine invoque la brise. On fait des sacrifices et ainsi de suite.

— Mais s'il ne croit pas en un dieu du vent ?

— Alors, je présume qu'il n'en obtient pas.

— Mais si le vent vient à manquer en un moment critique pour tes vaisseaux de guerre ?

— Les esclaves rament.

— Et quand ils sont fatigués ?

— On les bat.

— Mais si la fatigue les envahit au point que les battre devient inutile ?

— Alors, on les jette par-dessus bord. On pratique la méthode socratique.

Phanocle laissa tomber les mains le long de son corps dans un geste de défaite. L'Empereur lui sourit comme pour le consoler.

— Tu es fatigué et tu as faim. Ne crains rien ni pour toi ni pour ta sœur. Tu m'es devenu très précieux et ta sœur sera ma pupille.

— Je ne pense pas à elle.

L'Empereur fut intrigué.

— Alors, que veux-tu ?

— J'ai essayé de le dire. Je veux te construire un navire de guerre d'après la maquette de l'*Amphitrite.*

— Un navire de guerre est une affaire sérieuse. Je ne peux pas te traiter comme si tu étais un charpentier qualifié alors que tu n'es qu'un ex-bibliothécaire.

— Alors, donne-moi une coque, n'importe quelle coque. Donne-moi une vieille barge à grains si tu veux, et assez d'argent pour la transformer de cette manière.

— Bien sûr, mon cher Phanocle, tout ce que tu désires. Je vais donner les ordres nécessaires.

— Et mes autres inventions ?

— L'autoclave ?

— Non. Une autre. Je l'appelle un explosif.

— Quelque chose qui claque et qui fait boum ? Comme c'est curieux ! Quelle est la troisième invention ?

— Je veux la garder en réserve pour te faire une surprise.

L'Empereur, de la tête, fit un signe de soulagement.

— Tu fais bien. Fabrique ton bateau et ton boum-boum. Mais d'abord... la marmite à pression.

Rayonnant, il tendit la main, la posa doucement sur le bras de Phanocle et le fit se tourner sans nulle violence. Et, contraint de suivre par les premières impulsions courtisanes, Phanocle avança au pas, légèrement incliné vers l'Empereur. Les rideaux s'écartèrent, libérant un flot de lumière qui les reçut et les cacha. La lumière se posa sans interruption sur le secrétaire, le soldat, le fauteuil vide ; elle jeta un éclat vif sur la chaudière et la cheminée en cuivre de l'*Amphitrite*.

2
TALOS

Mamilius descendit de la loggia dans le jardin. Il était satisfait de son aspect. Le large chapeau de paille, qui permettait de demeurer immobile ou de marcher dans une flaque d'ombre, était suffisamment peu romain pour tenir lieu de déclaration d'indépendance sans être un défi ouvert. Le manteau léger, attaché sur chaque épaule, coupé dans la plus fine des toiles égyptiennes, ajoutait une dignité masculine dénuée de toute autorité abusive. S'il marchait vite — et il le fit à dessein pendant un moment — il flottait dans l'air et produisait un effet de vitesse qui évoquait Mercure. La tunique était audacieusement courte et fendue sur les côtés, ce qui, après tout, relevait simplement de la mode. Si j'allais la rencontrer maintenant, songeait-il, assise entre les naïades moussues, n'écarterait-elle pas le voile de son visage pour parler ? Du regard il la chercha, tandis qu'il descendait les nombreuses marches, mais les jardins brûlants étaient déserts. Chaque parterre de gazon était comme du velours, ainsi que le voulaient les conventions littéraires, et les ifs taillés et bien ordonnés étaient moins vivants que les statues qu'ils entouraient. Il fouilla du regard les charmilles et les massifs, il se faufila entre des groupes de pierre : hamadryades et faunes, et des figures en bronze. Il fit machinalement le salut traditionnel aux hermès qui se dressaient parmi les bosquets les plus denses.

Mais la difficulté résidait dans le fait qu'elle ne voulait pas parler et qu'elle se montrait rarement. Maintenant, je ne suis plus tout à fait ignorant des choses de l'amour, songeait-il, et pas seulement grâce à mes lectures. L'amour est cette préoccupation énervante, ce sentiment que les trésors de la vie se sont concentrés à l'endroit précis où elle se trouve. Je pousse plus loin mes conjectures et je comprends que l'amour fut cultivé dans le désert et qu'il suça la mamelle de la lionne. Que pense-t-elle de moi, comment parle-t-elle, est-elle amoureuse ?

Il se sentit envahi par une sorte de feu brûlant qui fit trembler sa chair. Je n'aime pas cela, songea-t-il, il ne faut pas que je pense à elle. À ce moment, un cortège d'amants terriblement virils s'offrit à son imagination. Quand il eut atteint le bassin aux nénuphars au bord de la falaise, au bas du jardin, il se débattait pour échapper à ses pensées comme un plongeur qui sort de l'eau profonde.

— Je voudrais ne pas avoir cessé de m'ennuyer.

Peut-être que le chapeau n'avait pas été une aussi bonne idée qu'il l'avait cru. Les bords de sa propre petite flaque d'ombre étaient émoussés et, bien que la chaleur fût déjà intense, le ciel vers la mer n'était pas aussi bleu que la veille. Il y avait une brume légère qui bordait l'horizon et se répandait vers la terre. Il s'adressa à un satyre battu des vents.

— Il va faire de l'orage.

Le satyre continua de sourire de toutes ses dents. Il savait ce dont il était question. Euphrosyne. Mamilius s'éloigna brusquement et tourna à gauche, à l'endroit où la galerie traversait le petit promontoire et descendait jusqu'au port situé dans la baie voisine. La sentinelle placée à l'entrée du tunnel se mit au garde-à-vous. En partie parce que la galerie lui paraissait peu engageante, en partie parce que parler aux soldats lui procurait toujours un agréable sentiment de supériorité, Mamilius s'adressa à la sentinelle.

— Bonjour. Tu es bien ici ?

— Oui, seigneur.

— Combien êtes-vous ?

— Vingt-cinq, seigneur. Cinq officiers et vingt hommes.

— Où êtes-vous cantonnés ?

Le soldat fit un mouvement de la tête.

— Au bout de la galerie, seigneur. Dans la trirème qui est à quai.

— Alors, il va falloir que je la traverse si je veux aller visiter le nouveau bateau ?

— Oui, seigneur.

— C'est fatigant. Il fait meilleur dans le jardin de l'Empereur que dans le port, n'est-ce pas ?

Le soldat réfléchit.

— Plus calme, seigneur. Très agréable pour ceux qui aiment un peu de tranquillité.

— Vous aimeriez mieux avoir vos billets de logement aux enfers ?

— Seigneur ?

Mamilius s'éloigna et pénétra dans la galerie obscure, au milieu d'un tourbillon d'images persistantes de couleur verte qui rappelaient le satyre dentu. Il retint son souffle aussi longtemps qu'il le put, car les sentinelles se servaient du tunnel à d'autres fins que celle de voie d'accès aux jardins. Les images persistantes furent transpercées et remplacées par sa première vision des enfers.

À tout autre que le petit-fils d'un Empereur, en tunique courte et fendue, les enfers auraient semblé un endroit intéressant, attirant même. Le port était construit dans une petite baie en forme de demi-cuvette. Tout autour s'étageaient des entrepôts et des maisons d'habitation aux couleurs criardes, peintes en rouge, jaune et blanc. L'intérieur de la cuvette était entouré d'un demi-cercle de quais auxquels étaient amarrés toutes sortes de vaisseaux, à une profondeur de cinq ou dix pieds. L'entrée de la cuvette était défendue du côté de la mer par deux quais qui se rejoignaient presque. La galerie ouvrait sur le quai le plus proche. Maisons, appontements, entrepôts et bateaux — tout cela grouillait de monde. Il y avait des marins, esclaves ou hommes libres, accrochés aux flancs des navires qu'ils enduisaient de goudron ou de peinture. Il y avait des mousses dans les mâtures qui travaillaient aux manœuvres courantes, il y avait des hommes dans des canots et des barques, et les rats du port qui nageaient à découvert derrière des morceaux de bois parmi les immondices qui dérivaient à la surface. L'air chaud du port faisait trembler les entrepôts et les habitations, il secouait les collines abruptes, et il aurait probablement fait trembler le ciel s'il y avait eu le moindre nuage pour en révéler les secousses. La fumée qui montait des braseros de calfatage, des conduites à vapeur où les madriers étaient mis en forme, des chaudières, des rôtisseries et des cuisines, souillait l'air et jetait des centaines d'ombres d'airain. Le soleil pénétrait tout cela de ses rayons brûlants qui montaient de l'eau au milieu du port en un flamboiement informe de métal en fusion.

Mamilius rabattit le bord de son chapeau de paille et plia un coin de son manteau dont il s'abrita le nez. Il s'arrêta un instant, épouvanté et secrètement ravi de sa véritable aversion pour l'humanité et pour l'immense gâchis auquel elle se livrait. De plus, il ressentait l'obligation de contribuer à la mythologie des enfers. Non seulement ils puaient et brûlaient, mais ils rugissaient. Le bruit montait en même temps que la chaleur, vibrations, sons en roulements de tambour sur lesquels flottaient des cris pareils au vol sinueux de la mouette.

Il se détourna du port lui-même vers le quai où il avait affaire. Le quai s'étendait le long de la moitié du port jusqu'à son entrée ; un mur à hauteur d'épaule le limitait du côté de la mer. Trois bateaux y étaient amarrés. Le premier, à la gauche de Mamilius et à quelques mètres de lui seulement, était la barge impériale. Elle était basse sur l'eau, ses rameurs dormaient sur leur banc au soleil, un jeune esclave arrangeait les coussins du trône sous l'immense baldaquin pourpre. Sur son avant, il y avait la forme élancée d'une trirème, les rames rentrées et arrimées. Des esclaves travaillaient sur son pont, mais elle était souillée par un incessant va-et-vient, car l'*Amphitrite* était amarrée en abord, trapue et d'une laideur unique.

Mamilius déambulait le long du quai le plus lentement possible, remettant le moment où il aurait à supporter la chaleur de son contact. Il s'arrêta à proximité de la seconde invention de Phanocle et l'examina avec d'autant plus de curiosité qu'il la voyait pour la première fois. Le tormentum avait été mis en place et pointé pardessus bord en direction de la pleine mer. Prouvant ainsi qu'il n'avait aucun sens militaire, Phanocle avait enroulé la chaîne qui servait de corde et il avait armé le mécanisme. La masse elle-même qui devait chasser la cheville et libérer la corde était prête à l'emploi. Un carreau était placé dans la gouttière et au bout de ce carreau se trouvait un barillet brillant qui se terminait par un papillon de cuivre armé d'un dard en fer. L'ensemble avait l'aspect d'un insecte infernal. Il suffisait de frapper la cheville pour que le trait s'envolât en bourdonnant vers la mer, en direction des bateaux de pêche, et qu'il leur apportât dans le petit baril un breuvage avec les compliments de l'Empereur.

Mamilius frissonna à la seule vue de la machine, puis il rit en se rappelant les explications de Phanocle. À la fin, désespéré, comme si l'Empereur était un enfant, il avait étendu les bras, dit une dernière phrase et refusé d'aller plus loin.

— J'ai enfermé la foudre dans le barillet et je peux la laisser échapper quand je veux.

La sentinelle qui somnolait derrière le tormentum se vit découverte et essaya de dissimuler sa faute en bavardant comme si Mamilius et lui avaient été du même côté d'une barrière et la discipline militaire de l'autre.

— Une belle petite horreur, n'est-ce pas, seigneur ?

Mamilius inclina la tête sans parler. La sentinelle leva les yeux vers la brume de chaleur qui montait doucement par-dessus le mur du quai.

— On va avoir de l'orage, seigneur.

Mamilius fit le signe qui détourne le mal et s'éloigna en toute hâte le long du quai. Il n'y avait pas de sentinelle sur la trirème pour l'accueillir et personne pour lui rendre les honneurs sur la passerelle. Maintenant qu'il était à son bord, il pouvait identifier la basse contrainte au vacarme du port : les esclaves de tous les navires grondaient comme les bêtes qui convoitent la nourriture de l'arène. Les seuls esclaves silencieux étaient ceux qui travaillaient, apathiques et maussades, sur le pont. Mamilius traversa la trirème par le milieu et s'arrêta pour contempler l'*Amphitrite*.

Elle donnait l'impression que le tormentum n'était qu'un jouet. Sur chacun de ses flancs faisaient saillie les plus grandes roues du monde, équipées toutes deux d'une douzaine de pales. Une grande barre de fer à laquelle, par torsion, Phanocle avait donné une forme de mèche, se frayait un chemin sinueux à travers le pont entre les roues. Quatre mains de métal maintenaient cette barre, deux qui poussaient, deux qui tiraient. Derrière les mains étaient placés des avant-bras et des bras en fer qui glissaient dans des manches de cuivre. Mamilius savait ce que Phanocle appelait les manches. C'étaient les pistons ; et comme il n'y avait pas d'autre moyen de les fabriquer avec la précision ridicule qu'il exigeait, ils avaient été coulés sur deux colonnes d'albâtre destinées à un temple des Grâces.

Les Grâces lui rappelèrent Euphrosyne, et Mamilius se tourna vers l'arrière. Entre les pistons, il y avait de toutes la chose la plus intimidante : Talos, l'homme de cuivre. Il n'avait pas de tête ; c'était une sphère flamboyante à demi enfoncée dans le pont dont les quatre bras tendus étreignaient la manivelle en forme de mèche.

Entre l'homme de cuivre et la manivelle, s'emboîtant dans l'espace que les bras laissaient entre eux, se trouvait une cheminée en cuivre, aussi haute qu'un mât, parodie scandaleuse du Phallus sacré.

Presque personne dans le voisinage. Un esclave accomplissait un travail hautement technique sur l'une des pales de direction et quelqu'un pelletait du charbon dans la cale. La poussière du charbon recouvrait entièrement le pont, les flancs et les aubes. Seul Talos était propre ; enfoncé dans le pont jusqu'à la taille, il soufflait de la vapeur, de la chaleur et luisait d'huile. Jadis l'*Amphitrite* avait été une barge à grains à qui des manœuvres faisaient remonter le fleuve jusqu'à Rome, une boîte disgracieuse qui sentait les balles de grain et le vieux bois, confortable et inoffensive. Mais maintenant, elle était possédée. Talos s'y était installé, l'insecte était pointé par-dessus le mur du port et l'on entendait des rugissements infernaux.

Phanocle sortit la tête de la cale. Il regarda Mamilius en louchant à travers sa sueur, secoua sa barbe et s'essuya le visage avec un morceau de chiffon.

— Nous sommes presque prêts.

— Tu sais que l'Empereur va venir ?

Phanocle fit un signe de tête affirmatif. Mamilius désigna d'une grimace la poussière de charbon.

— N'as-tu pas fait de préparatifs pour son arrivée ?

— Il a dit que c'était une visite sans cérémonie.

— Mais l'*Amphitrite* est d'une saleté dégoûtante !

Phanocle baissa les yeux et examina le pont.

— Ce charbon coûte une fortune.

Mamilius monta à bord avec précaution.

— Le coin le plus chaud des enfers.

La chaleur de la chaudière le frappa au visage et la sueur l'inonda aussitôt. Phanocle tourna un instant la tête vers Talos, puis il tendit à Mamilius le bout de chiffon. Il rendit le point.

— J'ai l'impression qu'il fait plus chaud que d'habitude.

Mamilius refusa d'un geste le chiffon et essuya son visage suant avec le coin de son élégant manteau. Maintenant qu'il se trouvait tout près de Talos, il voyait sa construction plus en détail. Juste au-dessus du niveau du pont, à l'arrière de la sphère, était placée une saillie entourée de ressorts. Phanocle, qui avait suivi le regard de Mamilius, tendit la main et donna une pichenette du bout des doigts au cuivre qui tinta et laissa échapper une bouffée de vapeur. Il considéra la saillie d'un air morose.

— Tu as vu ça? C'est ce que j'appelle une soupape de sûreté. J'ai donné des instructions précises...

Mais l'ouvrier avait ajouté un Borée ailé qui touchait par mégarde le cuivre de son orteil et arrondissait les joues pour souffler un vent favorable. Mamilius sourit avec gêne.

— Très joli.

Les ressorts se tendirent, un jet de vapeur fut expulsé et Mamilius fit un bond en arrière. Phanocle se frotta les mains.

— Maintenant, nous sommes prêts.

Couvert de sueur, il s'approcha de Mamilius.

— Je l'ai sorti une fois au milieu du port et une fois dans la baie. Il marche aussi facilement, aussi sûrement que les étoiles.

Mamilius, détournant son visage, se surprit à contempler ses traits déformés dans les flancs étincelants de Talos. À partir de la bouche et du nez pointu, ils devenaient de moins en moins nets. Peu importait la façon dont il bougeait, la face de cuivre le suivait avec le regard fixe, indifférent et impitoyable, d'un poisson. La chaleur de la chaudière et de la cheminée fumante lui faisait l'effet d'un coup de poing.

— Je veux en sortir...

Il se fraya un chemin sous les manivelles tordues et s'arrêta à l'avant. L'air y était un peu plus frais ; il ôta son chapeau de paille et s'en éventa. Phanocle s'avança, lui aussi, vers la proue et tous deux s'adossèrent au bastingage. Des esclaves travaillaient sur le gaillard d'avant de la trirème, à quelques pieds seulement au-dessus d'eux.

— C'est un mauvais bateau.

Phanocle finit de s'essuyer les mains et laissa tomber le chiffon par-dessus bord. Ils se retournèrent pour le regarder partir à la dérive. Phanocle fit un signe du pouce vers le haut.

— Celui-ci n'est pas mauvais. Seulement utile. Aimerais-tu mieux faire cela ?

Mamilius leva les yeux vers les esclaves. Ils étaient rassemblés autour du treuil métallique, dont il pouvait presque tout voir, bien que ses griffes fussent cachées par le pont de la trirème.

— Je ne te comprends pas.

— Dans quelques instants, ils vont centrer la fusée et remonter le treuil — l'ensemble pesant ses dix tonnes. La vapeur le ferait à leur place sans bruit et sans effort.

— Je n'ai pas besoin de remonter le treuil. Je ne suis pas un esclave.

Ils gardèrent le silence un moment, se dressant sur la pointe des pieds pour examiner la machine. C'était une masse écartelée de plomb et de fer, dont les griffes reposaient sur des blocs de pierre afin d'éviter qu'elles n'entaillassent le pont. C'était une masse d'intérêt strictement utilitaire, telle qu'on pouvait en trouver partout dans l'Empire, car elle servait uniquement à être lâchée sur la carène d'un navire ennemi qui sombrait aussitôt ; mais la même impulsion qui avait modelé le cuivre du barillet en un papillon et placé un Borée sur la soupape de sûreté se manifestait aussi sur la masse. Les artisans avaient indiqué les yeux et les jointures des jambes. Elle avait une sorte de signification formelle et les esclaves l'entretenaient, nettoyaient ses griffes, comme si elle avait été plus que du métal. D'autres esclaves faisaient pivoter la vergue de soixante-dix pieds et centraient l'engin au-dessus de l'anneau.

Mamilius se tourna et parcourut du regard le pont de l'*Amphitrite*.

— La vie est une affaire bien compliquée, Phanocle.

— Je vais la clarifier.

— En attendant, tu la rends plus sale.

— Pas d'esclaves, pas d'armées.

— Qu'est-ce que tu leur reproches, aux esclaves et aux armées ? Tu pourrais aussi bien dire : « Ni boire, ni manger, ni faire l'amour. »

Ils demeurèrent de nouveau silencieux pendant un moment, l'oreille tendue vers le tumulte du port et les ordres que l'on criait sur la trirème.

— Mets la barre dessous ! En douceur !

— Ce soir, l'Empereur va essayer ta marmite à pression. Celle que tu as faite pour lui.

— Il oubliera tout cela quand il essaiera l'*Amphitrite*.

Mamilius leva la tête et jeta un bref coup d'œil au soleil. Il était moins brillant, cependant Mamilius continua de s'éventer.

— Seigneur Mamilius... nous a-t-il pardonné l'affaire de l'autoclave improvisé ?

— Je le crois.

— Laisse-toi aller, suis le rythme, marche. Une, deux. Une, deux.

— Après tout, sans cette expérience, je n'aurais jamais compris la nécessité d'une soupape de sûreté.

— Il a dit qu'un mammouth, c'était trop gros pour commencer. Il m'a fait des reproches.

— Encore ?

Mamilius secoua la tête.

— Tout de même, il regrette pour les trois cuisiniers et l'aile nord de la villa.

Phanocle, qui transpirait, hocha la tête. Il fronça les sourcils en essayant de retrouver un souvenir.

— Penses-tu que c'était ce qu'il voulait dire par « si possible, le sens du danger » ?

L'esclave qui avait chargé le fourneau de la chaudière monta sur le pont et ils le regardèrent distraitement. Il lança un seau par-dessus bord au bout d'une corde, hissa de l'eau et se la renversa sur son corps nu. L'eau coula sur le pont, emportant avec elle des serpents de poussière de charbon. Encore et encore, il s'arrosait de l'eau infecte du port. Phanocle l'appela.

— Lave le pont ici.

L'esclave toucha une de ses mèches de cheveux maculées. Il tira un autre seau plein et lança l'eau sur le pont si violemment qu'elle leur éclaboussa les pieds. D'un bond, ils reculèrent avec un cri de contrariété au moment même où leur parvenait le bruit d'une corde se rompant sous l'effort. L'*Amphitrite* fit un brusque plongeon sous leurs pieds, suivi d'un écart, et elle laissa échapper une puissante exclamation de son bois, comme si elle avait broyé l'un de ses propres madriers avec des dents de métal. Un coup sourd monta du fond du port, puis une énorme cascade d'eau leur tomba sur le dos, une eau pleine d'immondices, de boue, d'huile et de goudron. Phanocle trébucha en avant et Mamilius se courba sous le torrent, trop commotionné pour lâcher un juron. L'eau cessa de tomber du ciel, mais elle envahit les ponts à hauteur de ceinture. Des jets de vapeur s'échappèrent de Talos, semblables à des cris de fureur. Une fois que l'eau se fut écoulée, les ponts demeurèrent luisants et le tumulte du port atteignit son paroxysme. Mamilius parvint enfin à jurer sous un chapeau pareil à une bouse de vache et dans des vêtements graisseux qui collaient à son corps. Puis il se tut et se tourna vers l'endroit où Phanocle et lui s'étaient appuyés pour bavarder. La masse avait arraché six pieds de bastingage, fait sauter une partie du planchéiage du pont et mis à nu les extrémités éclatées des barrots. L'énorme câble allait directement de la vergue de la trirème jusqu'à l'eau où de la boue jaune tourbillonnait encore en dégageant des odeurs nauséabondes. Un attroupement s'était formé ; des hommes braillaient sur la trirème, parmi lesquels se trouvaient des soldats, utilisant le pommeau de leur épée. Un homme parvint à se libérer. Il sauta sur le quai en trébuchant, saisit une pierre branlante, la serra contre lui et plongea dans la mer par-dessus la digue. La lutte se termina d'elle-même. Deux des gardes de l'Empereur assommaient impartialement les adversaires.

Mamilius pâlissait lentement sous la saleté qui le recouvrait.

— C'est la première fois qu'on tente de me tuer.

Phanocle regardait d'un air hébété le bastingage brisé. Mamilius se mit à trembler.

— Je n'ai fait de mal à personne.

Le capitaine de la trirème arriva en sautant avec agilité sur le pont.

— Seigneur, que puis-je dire ?

L'affolement du port semblait ne jamais devoir s'apaiser. On avait le sentiment que des yeux, des milliers d'yeux, étaient aux aguets à travers la trompeuse broderie de l'eau. Mamilius jetait un regard éperdu autour de lui, dans la blancheur de l'air. Il était agité de soubresauts nerveux. Phanocle parla d'une voix sottement geignarde.

— Ils me l'ont abîmé.

— Maudit soit votre sale bateau...

— Seigneur, l'esclave qui a coupé le câble s'est jeté à l'eau. Nous essayons de trouver le chef du complot.

Mamilius s'écria :

— Oloito !

L'utilisation d'un mot littéraire lui servit de soupape de sécurité. Il ne frissonnait plus, mais au lieu de cela il se mit à pleurer. Phanocle approcha ses mains tremblantes de son visage et les examina comme s'il pouvait y lire de précieuses indications.

— Les accidents, ça arrive. Il y a seulement deux ou trois jours, une planche m'a manqué de quelques pouces. Nous sommes encore en vie.

Le capitaine fit le salut militaire.

— Avec votre permission, seigneur.

D'un bond, il remonta à bord de la trirème. Mamilius tourna vers Phanocle un visage ruisselant de larmes.

— Pourquoi ai-je des ennemis ? Je voudrais être mort.

Brusquement, il lui parut que rien n'était sûr ou certain, sinon la mystérieuse beauté d'Euphrosyne.

— Phanocle... donne-moi ta sœur.

Phanocle écarta les mains de son visage.

— Nous sommes des gens libres, seigneur.

— Je voulais dire, pour l'épouser.

Phanocle s'écria de sa voix épaisse :

— C'est trop ! Une planche, une masse... et ça en plus !

L'enfer se referma sur Mamilius, d'un blanc brumeux, plein de hurlements. Quelque part dans le ciel, le tonnerre gronda.

— Je ne peux pas supporter la vie sans elle.

Phanocle, les yeux fixés sur Talos, murmura :

— Tu n'as même pas vu son visage. Et tu es le petit-fils de l'Empereur.

— Il fera tout ce que je veux.

Phanocle lui jeta un regard de côté, plein de fureur.

— Quel âge as-tu, seigneur ? Est-ce dix-sept ou dix-huit ans ?

— Je suis un homme.

Phanocle composa son visage avec l'intention de sourire d'un air moqueur.

— Officiellement.

Mamilius serra les dents.

— Je regrette d'avoir pleuré. J'étais bouleversé.

Il laissa échapper un hoquet sonore.

— Me pardonnes-tu ?

Phanocle le toisa.

— Que veux-tu en plus de mon pardon ?

— Euphrosyne.

Tout à coup, Mamilius se remit à trembler. De magnifiques élans de vie jaillissaient en lui. Mais Phanocle fronçait les sourcils.

— Je ne peux pas t'expliquer, seigneur.

— N'en dis pas plus maintenant. Nous parlerons à l'Empereur. Il te convaincra.

Le bruit d'un salut retentit à l'entrée du tunnel.

L'Empereur s'avançait d'un pas vif pour son âge. Son crieur marchait devant lui.

— Place à l'Empereur !

Un garde et plusieurs femmes voilées l'accompagnaient. Pris de panique, Mamilius courut autour du pont, mais les femmes s'écartèrent du groupe des hommes et se rangèrent le long du quai. Phanocle s'abrita les yeux.

— Il l'a amenée pour qu'elle assiste à la démonstration.

Le capitaine de la trirème marchait d'un pas pressé au côté de l'Empereur ; en même temps, il donnait des explications et l'Empereur inclinait sa tête chenue pensivement. Il gravit la passerelle qui donnait accès à la trirème, traversa le pont et se pencha pour regarder l'étrange navire qu'il avait devant lui. Même dans cet environnement, sa silhouette mince en toge blanche à bordure pourpre avait une allure particulièrement distinguée. Il refusa la main qu'on lui tendait et descendit sur le pont de l'*Amphitrite*.

— N'essaie pas de me parler de la masse, Mamilius. Le capitaine m'a tout raconté. Je te félicite de t'en être tiré. Toi aussi, Phanocle, bien entendu. Nous allons devoir renoncer à la démonstration.

— César !

— Vois-tu, Phanocle, je ne serai pas à la villa ce soir. J'examinerai ta marmite à pression un autre jour.

La bouche de Phanocle était de nouveau ouverte.

— En fait, dit l'Empereur avec amabilité, nous serons en mer sur l'*Amphitrite*.

— César.

— Reste avec moi, Mamilius. J'ai des nouvelles qui te concernent.

Il s'arrêta et, d'un air critique, dressa l'oreille aux bruits du port.

— Je ne suis pas populaire.

Mamilius se remit à trembler.

— Ni moi. Ils ont essayé de me tuer.

L'Empereur grimaça un sourire.

— Ce n'étaient pas les esclaves, Mamilius. J'ai reçu des nouvelles d'Illyrie.

Un air de compréhension horrifiée apparut sur le visage de Mamilius couvert de boue.

— Posthumus ?

— Il a interrompu sa campagne. Il a concentré son armée sur le littoral et il réquisitionne tous les navires de la côte, des trirèmes aux bateaux de pêche.

Mamilius fit un pas en avant, sans but, qui le mena presque dans les bras de Talos.

— Il en a assez de l'héroïsme.

L'Empereur s'approcha de son petit-fils et posa délicatement un doigt sur sa tunique trempée.

— Non, Mamilius. On lui a dit que le petit-fils de l'Empereur s'intéresse depuis quelque temps aux bateaux et aux machines de guerre. Il craint ton influence et il est réaliste. Il se peut que notre conversation dans la loggia ait atteint des oreilles malveillantes. Nous n'avons pas un instant à perdre.

Il se tourna vers Phanocle.

— Il va falloir que tu prennes part à nos délibérations. Combien de temps faut-il à l'*Amphitrite* pour nous conduire en Illyrie ?

— Deux fois moins qu'à tes trirèmes, César.

— Mamilius, nous y allons ensemble. Moi pour le convaincre que je suis encore empereur, toi pour le persuader que tu ne veux pas en être un.

— Mais ça va être dangereux !

— Préfères-tu rester et te faire couper la gorge ? Je ne pense pas que Posthumus t'autoriserait à te suicider.

— Et toi ?

— Merci, Mamilius. Au milieu de tous mes soucis, ces mots me touchent. Partons.

Phanocle appuya les poings contre son front. L'Empereur fit un signe vers le quai et une procession d'esclaves commença à traverser la trirème avec des bagages. Un petit Syrien arriva de l'arrière en courant. Il parla vivement à Mamilius.

— Seigneur, c'est impossible. Il n'y a pas

d'endroit où l'Empereur puisse dormir. Et regarde le ciel !

Il n'y avait plus un seul coin de bleu. Le soleil s'était décomposé en une grande tache de lumière qui allait bientôt être complètement cachée.

— ... Et comment pourrais-je maintenir mon cap, seigneur, si je ne peux plus voir le ciel et s'il n'y a pas de vent ?

— C'est un ordre. Grand-père, regagnons le rivage au moins pendant un moment.

— Pourquoi ?

— Le bateau est si sale...

— Comme toi, Mamilius. Tu pues.

Le Syrien se coula auprès de l'Empereur.

— Si c'est un ordre, César, je ferai de mon mieux. Mais d'abord, permets-nous de sortir le bateau du port. Tu peux t'y faire amener par ta barge.

— Qu'il en soit fait ainsi.

Ils traversèrent ensemble la trirème. Mamilius courut vers la galerie en se détournant des femmes, et il disparut. L'Empereur se dirigea vers l'endroit où sa barge était amarrée, sur l'arrière de la trirème, et il s'installa confortablement sous le baldaquin. Ce fut alors seulement qu'il commença à se rendre compte de la laideur et de l'absurdité de son nouveau vaisseau.

Il secoua la tête doucement.

— Je suis un novateur bien peu enthousiaste.

La foule des esclaves à bord de l'*Amphitrite* s'entassait dans la cale et le petit équipage s'occupait à larguer les amarres. Les hommes de la trirème débordaient en s'aidant des manches de rames et l'*Amphitrite* commença de glisser sur le côté. Ses câbles libérés tombèrent en faisant jaillir l'eau et furent hissés à bord. L'Empereur, sous sa pourpre ombreuse, regardait le timonier haler sur les avirons de queue pour virer le navire de l'arrière et, d'une embardée, en écarter l'étrave de la trirème. Des jets de vapeur fusaient sans arrêt du ventre de cuivre au-dessus de la chaudière. Alors il vit Phanocle sortir sa tête de la cale et faire signe à l'homme de barre de s'arrêter. Il cria quelque chose en bas, dans les entrailles de la machine, le jet de vapeur augmenta jusqu'à ce que son sifflement fît crisser l'air comme une lime, puis disparut soudain complètement. En réponse, un grondement hargneux monta des bateaux et des maisons alentour au spectacle de l'*Amphitrite* pareille à un invraisemblable lézard réduit aux abois au centre d'une arène.

L'Empereur s'éventa d'une main.

— J'ai toujours considéré qu'on pouvait prévoir les mouvements d'une foule.

Des entrailles du navire montèrent un grognement et un bruit métallique. Talos bougea ses quatre mains à la fois, deux en avant, deux en arrière. Les deux roues commencèrent à tourner lentement, bâbord arrière, tribord avant. Les pales des aubes descendaient — un claquement, une pause, un claquement — et faisaient jaillir l'eau sale sous elles. Elles sortaient de l'eau, qui montait à une grande hauteur pour retomber sur le pont. Le navire tout entier ruisselait et la vapeur s'élevait de nouveau en formant un nuage, mais cette fois de la surface brûlante de la sphère et de la cheminée. Un puissant gémissement sortit de la cale, et Phanocle sauta sur le pont et s'y tint, examinant le déluge les yeux plissés, comme s'il n'avait jamais rien vu d'aussi intéressant. L'*Amphitrite* restait à la même place ; elle n'avançait pas, mais elle tournait. Et l'eau montait en un jet pulvérisé comme d'une fontaine. Phanocle lança un ordre par l'écoutille, la vapeur gicla, les aubes s'arrêtèrent avec un craquement, tandis que l'eau s'écoulait comme si le bateau venait de remonter des profondeurs du port. Les cris de la foule déferlèrent sur l'*Amphitrite* immobile au milieu du port, dans le sifflement aigu de son jet de vapeur. Il y eut une lueur dans la brume qui stagnait sur les collines et presque aussitôt le grondement du tonnerre.

L'Empereur fit un signe furtif avec deux doigts.

L'éclair, cependant, était une inconséquence divine. Tandis que l'Empereur abritait ses yeux dans l'attente de la destruction de l'*Amphitrite* entre les mains d'une Providence outragée, il s'aperçut qu'elle n'était pas le seul prodige se déplaçant sur les eaux. Au-delà de l'entrée du port, mais visible par-dessus le mur du quai, il y avait une masse solide parmi les vapeurs mouvantes. Avant même que son esprit n'ait eu le temps d'analyser les faits, il songea qu'il s'agissait d'un rocher à fleur d'eau ou d'une falaise basse. Mais le rocher s'allongea.

L'Empereur s'élança à terre, traversa le quai et monta les marches du mur où les femmes étaient assises. Le rocher était sorti du brouillard. C'étaient la proue et le gaillard d'avant d'un puissant navire de guerre et de sa cale montait le son cadencé d'un tambour. Il ne se trouvait pas exactement à l'ouvert de la baie, mais il se déplaçait déjà afin de couper l'étroite bande d'eau qui séparait les deux quais. D'une allure régulière il s'approchait, la voile serrée, une masse suspendue à chaque bout de vergue, sur l'avant des machines balistiques pointées, les ponts scintillants de cuivre et d'acier, les vingt pieds de la lame d'éperon fendant la surface de l'eau comme un requin. Le tambour fit entendre un changement de rythme. À l'arrière, les rames centipèdes furent remises en dedans comme si elles avaient été rentrées par quelque intelligence centrale. Le vaisseau passa l'entrée et son éperon fut dans le port. Les tambours changèrent encore de rythme. Paire après paire, une fois libérées des quais qui les gênaient, les rames sortirent, se renversèrent et nagèrent à culer. L'Empereur vit un étendard rouge et or sur le gaillard d'arrière, surmonté d'un aigle vindicatif. Il descendit vivement du mur, feignit de ne pas entendre les questions des femmes et regagna en toute hâte sa barge et l'abri du baldaquin.

À bord de l'*Amphitrite*, on avait aussi remarqué le navire de guerre. L'Empereur vit Phanocle et le capitaine discutant âprement par gestes. Phanocle descendit par l'écoutille en baissant la tête, le jet de vapeur disparut et les aubes se mirent à bouger. Immédiatement, le capitaine s'élança le long du pont, il y eut un éclair d'acier et l'ancre de l'*Amphitrite* plongea dans l'eau avec un bruit mat. Mais les tambours rythmaient un nouvel ordre. Les rames du navire de guerre se dressèrent, rigides comme des ailes étendues. Il avançait sur sa lancée, pareil à un grand oiseau de mer flottant sur l'eau. Son éperon toucha l'*Amphitrite* sous la roue à aubes de tribord qu'il arracha. Des hommes se pressaient le long des rames horizontales, sautaient d'un bond sur l'*Amphitrite* et frappaient avec la poignée de leur épée et le fût de leur lance. La rumeur du port devint une acclamation frénétique. On hissa Phanocle et le capitaine entre les rames et on les jeta sur le pont du navire de guerre. Ses rames se remirent en mouvement de sorte que l'éperon s'arracha à la roue mise en pièces. L'*Amphitrite*, dont les roues se mouvaient très lentement, se mit à tourner sur elle-même autour de son ancre. Le vaisseau de guerre, les rames tribord nageant en avant, les rames bâbord nageant en arrière, se dirigeait vers le quai où se trouvaient la trirème et l'Empereur.

L'Empereur, assis, tirait sur sa lèvre inférieure. Il y avait en mer davantage de rochers mouvants, des navires de guerre coiffant et servant qui attendaient d'entrer. Il y eut une autre lueur et un coup de tonnerre, mais cette fois l'Empereur ne les remarqua pas. Mamilius se tenait sur le quai, près de la barge, dans l'attitude de celui qui s'est immobilisé en un moment de hâte extrême. L'Empereur, jetant un coup d'œil de côté, fut lui aussi pétrifié.

Mamilius portait une armure. Une assemblée nombreuse et hautement allégorique de héros et de centaures miroitait sur son plastron. Un manteau écarlate lui tombait des épaules jusqu'aux talons. Le cuir rouge du fourreau de son épée était exactement assorti au cuir rouge ajouré des bottes qui lui montaient presque aux genoux. Le plastron s'harmonisait par la matière et le travail avec le casque de cuivre qu'il portait sous son bras gauche.

L'Empereur ferma les yeux un instant et parla d'une voix faible.

— Le fiancé de Bellone.

Mamilius parut s'affaisser un peu. Il rougit.

— Je pensais... comme nous allions partir en campagne...

L'Empereur examina les détails de l'uniforme.

— Je vois que Troie et Carthage sont tombées toutes les deux.

Le rouge monta au visage de Mamilius et disparut, puis il revint en même temps qu'une abondante transpiration.

— Sais-tu à qui appartiennent ces vaisseaux de guerre ?

— Je...

L'Empereur reposa son front sur une main.

— Dans les circonstances actuelles, une quenouille aurait été moins exposée à une erreur d'interprétation.

Mamilius n'avait pas cessé de garder entre les femmes et lui le mur de son manteau. Il voyait l'étendard rouge et or trembler tandis que le vaisseau accostait la trirème. Son éperon touchait à la barge. Cette fois, la couleur quitta son visage et n'y revint pas.

— Qu'allons-nous faire ?

— Il n'est plus temps de faire quoi que ce soit. Peut-être pourrais-tu mettre ton casque.

— Il me donne mal à la tête.

— La diplomatie, dit l'Empereur. Il a les soldats... regarde-les ! Mais nous avons l'intelligence. L'affaire sera sérieuse, si nous n'arrivons pas à arranger les choses.

— Tout compte fait, je crois que tu serais plus en sûreté en Chine.

L'Empereur prit la main de Mamilius et descendit à terre. Il s'avança sur le quai en direction du vaisseau de guerre, Mamilius sur les talons. La foule massée sur le pont avait envahi la trirème et s'écoulait sur le quai, de sorte que l'extrémité située à l'entrée du port était bloquée. Il y avait des prisonniers, le Syrien abject et suppliant, des esclaves. Phanocle dont l'air ahuri de myope paraissait encore plus égaré, et des soldats, beaucoup trop de soldats. Ils portaient des ballots et des sacs énormes qui donnaient l'impression qu'ils allaient participer à une gigantesque vente aux enchères. Ils étaient parés de cocardes rouges et jaunes. Ils transportaient avec eux le fruit du pillage de toute une région, mais ils se mirent au garde-à-vous sous leur charge lorsqu'ils virent la bordure pourpre sur la toge blanche. L'Empereur s'arrêta près de la passerelle et attendit. Derrière lui, les femmes s'étaient accroupies au pied du mur, voilées et terrifiées comme un chœur de Troyennes. Quelqu'un souffla dans un gros instrument de cuivre sur le pont du navire de guerre, il y eut un cliquetis d'armes et l'étendard fut abaissé. Une haute silhouette sombre, de forte carrure, aux armes étincelantes, pleine de détermination, descendit à grands pas la passerelle.

— Sois le bienvenu dans ta patrie, Posthumus, dit l'Empereur en souriant. Tu nous as épargné la peine d'aller te voir.

3

LE TRAIT DE JUPITER

Posthumus s'arrêta un moment. Son plumet rouge et or ondulait à un pied et demi au-dessus de la tête de l'Empereur. Son beau visage au teint olivâtre laissa paraître un air calculateur.

— Où as-tu caché tes troupes ?

L'Empereur leva les sourcils.

— Il y a quelques sentinelles dans le jardin comme d'habitude et probablement quelques-unes aux abords de la galerie. Vraiment, Posthumus, tu voyages avec une suite considérable.

Posthumus se détourna et donna quelques ordres brefs à ses officiers. Un détachement de légionnaires chargés s'avança au pas gymnastique sur le quai et se posta de façon à empêcher l'Empereur de fuir. Les femmes poussèrent des cris plaintifs, puis elles se contentèrent de gémir de façon continue. L'Empereur feignit de ne rien remarquer, mais il entraîna Posthumus vers la barge. L'*Amphitrite* continuait de tourner lentement autour de son ancre.

Posthumus s'arrêta.

— Il était grand temps que je revienne au pays.

Un nouveau coup de tonnerre. L'Empereur se retourna pour regarder la masse compacte de soldats qui emplissait l'extrémité du quai.

— Une centaine d'hommes environ, dirais-je. Un Salut impérial ?

Posthumus renâcla.

— Appelle-le comme tu veux. Bientôt d'autres navires pénétreront dans le port. Ils seront en nombre suffisant pour nous assurer de nous entendre sur tous les problèmes d'ordre politique. Mais quel coup de chance de vous trouver tous les deux sur le quai !

Mamilius s'éclaircit la gorge et parla d'une voix haute et peu sûre.

— Posthumus, tu te trompes.

— Mamilius sous les armes !

— Pour faire parade seulement. Je ne veux pas être empereur.

— Ah !

Posthumus fit un pas vers lui et Mamilius recula, trébuchant sur son manteau. Posthumus lui avança un doigt sous le nez.

— Il se peut que tu dises vrai. Mais il jetterait un pont sur l'Adriatique pour te faire plaisir.

Le visage de l'Empereur se couvrit d'un rose délicat.

— Tu n'as jamais désiré mon affection, Posthumus, ainsi tu n'en as jamais manqué. Si j'ai été assez sot pour croire que je pourrais jouir de sa compagnie sans plus de danger que l'habituelle médisance, j'ai été assez sage pour comprendre que tu étais plus apte à diriger l'empire, bien que je te trouve particulièrement antipathique.

— J'ai reçu des informations toutes différentes.

— Au moins pourrais-tu éviter d'étaler nos différends en public.

Posthumus ne fit pas attention à ces mots, mais tira un papier plié de l'intérieur de son plastron.

> *A :*
> Posthumus, etc., Héritier désigné, etc.
> *De :*
> CIII.
>
> Des bateaux et des armes sont construits ou transformés sur le quai près de la galerie. L'Empereur et le seigneur Mamilius portent un intérêt tout particulier à un bateau, l'*Amphitrite*, une ancienne barge à grains, non classée, et à un tormentum

(type VII) qui a été placé sur le quai et pointé vers la mer. Ils sont également en train d'expérimenter des méthodes d'empoisonnement de la nourriture sur une vaste échelle. Le seigneur Mamilius semble être dans un état de grande excitation et d'attente...

— Posthumus, je jure...

Posthumus éleva simplement la voix.

— Il correspond avec l'Empereur et d'autres personnes en code, sous le prétexte d'écrire de la poésie...

Mamilius avait les joues d'un rouge ardent.

— Ne t'occupe pas de ma poésie !

— On n'a pas encore trouvé le moyen de déchiffrer ce code. Soumis à XLVI, il s'est révélé être composé de citations de Moschus, Mimnermus, Erinna, et de sources non encore identifiées. Les recherches se poursuivent.

Des larmes de rage coulaient sur le visage de Mamilius.

— Espèce d'ignoble porc !

— Tu as été cruel sans nécessité, Posthumus.

Posthumus fourra le papier à l'endroit d'où il l'avait sorti.

— Maintenant, cessons de plaisanter, César. Le temps est venu d'établir une régence.

— Il ne veut pas être empereur.

Posthumus regarda Mamilius d'un air railleur.

— Il ne va pas l'être.

L'armure de Mamilius produisit un faible cliquetis. L'Empereur posa une main sur l'épaule de Posthumus.

— Si le bateau et le tormentum te causent du souci, Posthumus, je peux te les expliquer d'une façon rationnelle. Sois loyal.

Il se tourna vers les officiers et éleva la voix.

— Qu'on m'amène le Grec.

Posthumus inclina la tête et attendit. Phanocle arriva devant eux en rétablissant la circulation dans ses poignets.

— Cet homme est à l'origine de l'affaire.

— Seigneur Posthumus... je suis en train de changer la forme du monde.

— Il a cette curieuse façon de parler, Posthumus.

— Il n'y aura pas d'esclaves, mais du charbon et du fer. Les extrémités de la terre se rejoindront.

Posthumus rit, mais le son de son rire ne réjouit personne.

— Et les hommes voleront.

Il se tourna vers les officiers et leur fit signe.

— Colonel... pourquoi ces navires n'entrent-ils pas ?

— La visibilité, seigneur.

— Maudite soit-elle. Signale-leur d'entrer ou envoie-leur un message.

Il se tourna vers Phanocle.

— Ce bateau extraordinaire...

Phanocle étendit les bras.

— Il ira plus vite qu'aucun autre. La civilisation est une affaire de communications. (Il les regarda en fronçant les sourcils et chercha des mots simples.) Seigneur Posthumus, tu es un soldat. Quelle est ta plus grande difficulté ?

— Je n'en ai pas.

— Mais si tu en avais ?

— Arriver le premier.

— Tu vois ? Même la guerre est une affaire de communications. Songe aux efforts minutieux qu'il a fallu à Xerxès pour conquérir la Grèce. Avec l'*Amphitrite*, il aurait pu traverser la mer Égée en une journée et contre le vent.

Mamilius intervint, claquant des dents, désireux de rendre service.

— Songe au premier César, à Alexandre, à Ramsès...

Phanocle pencha la tête d'un côté et ouvrit les mains, comme si l'explication avait été simple.

— Tu vois, seigneur ? Les communications.

L'Empereur hocha la tête d'un air pensif.

— On devrait les rendre aussi difficiles que possible.

Le tonnerre gronda de nouveau. Posthumus s'avança à grands pas vers le tormentum et les femmes s'éloignèrent timidement. Une nouvelle fois montèrent les hurlements du port.

— Et ceci ?

— J'enferme la poudre dans le barillet. L'aiguillon en frappant à un endroit précis libère la foudre. Alors, il y a un trou fumant dans le sol.

L'Empereur fit un signe avec deux doigts.

— Quel est ce papillon de cuivre à la base de l'aiguillon ?

— C'est une ailette de sécurité. Une fois que le barillet s'est un peu déplacé, le papillon part comme une flèche, autrement le barillet exploserait en reculant au moment de la mise à feu du tormentum.

— Est-ce que cela ferait un trou fumant là où il y aurait eu la muraille d'une ville ?

— Oui, César.

— Où il y aurait eu une armée ?

— Si je fais le barillet suffisamment gros.

Posthumus observa Phanocle attentivement.

— Et celui-ci est le seul que tu aies fabriqué ?

— Oui, seigneur.

— Je ne sais pas exactement si je te fais exécuter sur-le-champ ou si je t'emploie à d'autres fins.

— ... M'exécuter ?

Soudain le tumulte du port s'éleva avec une telle intensité qu'on ne put feindre plus longtemps de ne pas l'entendre.

Tous se retournèrent.

C'était l'*Amphitrite* ; ils comprirent aussitôt. Elle avait tourné indéfiniment autour de son ancre jusqu'à ce qu'une excentricité aussi flagrante fût plus qu'aucun être ayant du sang rouge dans les veines pût en supporter. Des hommes nus plongeaient des bateaux et des jetées, tant et si bien qu'une centaine de bras fit bientôt rejaillir l'eau du port.

Phanocle poussa un cri.

— Qu'est-ce que... ?

Posthumus adressa quelques mots rapides au Colonel.

— Toutes les troupes débarqueront sur ce quai. En attendant, ni l'Empereur ni sa suite ne souhaitent s'éloigner. Veille à ce que leurs désirs soient respectés. Tu comprends ?

— Oui, seigneur.

Posthumus courut vers la barge, mais l'Empereur le rappela.

— Pendant que j'attends, je vais passer l'inspection de ces splendides gaillards déjà rassemblés.

Le Colonel lança un coup d'œil à Posthumus, qui rit doucement.

— Fais comme le dit le Père de son Pays.

L'arc des nageurs convergeait sur l'*Amphitrite* et le second navire de guerre pénétrait dans le port au son des tambours. Phanocle étreignit les mains de l'Empereur.

— Arrête-les, César !

Des hommes se pressaient maintenant en foule sur le pont de l'*Amphitrite*, arrachant ses rames, frappant le monstre de cuivre avec les outils les plus lourds qu'ils pouvaient trouver. La garde que Posthumus avait placée à bord en descendit dans un tourbillon de membres. Soudain, un serpent de fumée sortit de la cale et se déroula. Des formes nues se précipitèrent du bastingage, tandis qu'une petite flamme, encapuchonnée et vacillante comme un fantôme, montait par le travers. Le deuxième navire de guerre vit le danger et cula. Les avirons heurtèrent violemment le quai, mais sa course fut arrêtée net. Un troisième bateau, émergeant de la brume de chaleur, enfonça le second de son éperon. D'autres rames volèrent en éclats ; puis les deux vaisseaux se trouvèrent bloqués et se mirent à dériver, impuissants, vers l'*Amphitrite*. Posthumus, hurlant et jurant, sauta dans la barge impériale.

— Éloignez-vous de là ! Souquez partout !

— Détachement paré pour l'inspection, César.

— Les hommes qui sont placés entre le tunnel et moi, colonel, qu'ils se joignent aux autres !

— Mes ordres, César...

— Ne penses-tu pas, Colonel, que tu pourrais te saisir d'une demi-douzaine de femmes et d'un vieillard, s'ils cherchaient à s'enfuir ?

Le Colonel avala sa salive.

— C'est peut-être la dernière fois que le Père de son Pays inspectera ses troupes. Ne vas-tu pas obéir, Colonel ? Je suis un soldat, moi aussi.

La pomme d'Adam du Colonel monta et descendit à deux reprises. Il s'enfla d'émotion et de compréhension. Il salua l'Empereur d'un geste large et flamboyant.

— Rassemblement au pas de course pour la revue !

— Et la musique, ajouta l'Empereur. Je crois bien apercevoir la musique là-bas. La musique, Colonel ?

Un quatrième navire de guerre glissait dans le port. L'*Amphitrite* était immobile, sa chaudière en cuivre nichée au milieu des flammes et de la fumée. Ses roues à aubes commencèrent à tourner plus vite. Elle tirait sur son câble. Ils entendirent Posthumus pousser un cri sauvage.

— Sciez partout, bande de fainéants !

Des flûtes, des buccins, des tubas. Le tube de cuivre de chaque *lituus* était enroulé autour de la taille et se terminait au-dessus de l'épaule par un pavillon éléphantesque. Tambours, timbales et grosse caisse. Rouge et or.

Le rassemblement occupait l'extrémité de la jetée, en face de la trirème. La musique se rangea entre le rassemblement et le tormentum. Les femmes se tordaient les mains. L'*Amphitrite* accomplissait sa révolution et s'auréolait de fumée et de flammes. Le quatrième vaisseau de guerre essayait de tourner autour des deux autres et de l'*Amphitrite*. Mais un cinquième bateau était sur le point d'entrer dans le port.

— Musique !

L'*Amphitrite* tournait plus vite. Une brasse ou deux de son câble se détendirent et le bateau parcourut un cercle plus vaste, frôla les navires bloqués, de sorte que leur gréement prit feu. Posthumus sautait sur place.

— Servez-vous de vos masses !

L'*Amphitrite* fila encore une ou deux brasses de câble. Son cercle engloba la barge impériale qui se mit en route avec une extraordinaire simplicité. Et elle tourna, encore et encore, tandis que Posthumus hurlait et que l'*Amphitrite* crachait des flammes.

La fanfare attaqua.

— En ordre dispersé, Colonel ?

Le Colonel tressaillit.

— Il n'y a pas de place, César. Ils iraient tout droit se jeter entre le quai et la trirème.

— Dans ce cas, dit l'Empereur, il va falloir qu'ils emportent leurs impedimenta et leur butin, sinon je ne pourrai marcher entre les rangs.

La fanfare commença d'exécuter une contremarche entre le détachement le plus important et le tormentum, dix pas en avant, dix pas en arrière. Les hommes étaient magnifiques. Les marins étaient magnifiques à bord de leurs bateaux absolument magnifiques. Les femmes étaient pleinement conscientes de la magnificence des hommes ; elles comprenaient intuitivement que si elles se trouvaient en danger par la faute du général Posthumus, cela en valait la peine. Les poitrines se gonflaient, les seins se soulevaient et les mollets frémissaient. Mamilius mit son casque.

L'Empereur s'arrêta auprès de l'homme de gauche du premier rang.

— Et depuis combien de temps es-tu dans l'armée, mon brave ?

Le câble de l'*Amphitrite* se consuma complètement et se rompit avec un claquement sec. Le cercle de sa révolution devint une vaste courbe. Elle toucha l'un des navires marchands amarrés près des entrepôts et immédiatement ils se pavoisèrent de flammes.

— Que quelqu'un utilise une masse !

Brusquement, tous les hommes à bord de tous les navires furent possédés d'une seule idée : sortir du port. Un vaisseau de guerre qui brûlait cula tant bien que mal jusqu'au bout du quai et la chaleur qui s'en dégageait roussit la parade. À l'extérieur de l'arc terrifiant que traçait l'*Amphitrite*, l'eau était cachée sous des bateaux grands et petits qui luttaient entre eux et s'efforçaient de se mettre hors de danger en atteignant la mer couverte de brume. Par-dessus ce spectacle, le tonnerre roulait, inondait les collines de lumière vive et l'orchestre jouait.

— Où as-tu eu cette cicatrice ? Un coup de lance ? Une bouteille, hein ?

Les légionnaires se tenaient en un garde-à-vous impeccable sous leurs soixante-quatre livres de cuivre, leurs impedimenta, leur butin et l'effroyable chaleur. Le Colonel regarda une goutte de sueur se former au bout de son nez jusqu'à ce qu'il en louchât. L'Empereur s'adressait à chaque homme du premier rang.

Il y avait un fouillis de bateaux de guerre qui tournaient au centre du port, frôlés par l'*Amphitrite*. Le capitaine de l'un d'eux se tenait en face de Posthumus dans l'attitude du salut. À ce moment, ou bien un câble consumé se rompit, ou bien quelqu'un, dans un acte d'obéissance aveugle, utilisa une masse. Un trou noir en forme d'étoile apparut sur le gaillard d'arrière à l'endroit où le capitaine s'était tenu. Il sombra avec son navire.

— Combien mesures-tu ? Aimes-tu l'armée ? D'où tiens-tu cette bosse ? La pierre d'une fronde ? J'aurais bien cru que c'était la pierre d'une fronde, n'est-ce pas, Colonel ? Que le quartier-maître ne t'équipe plus jamais d'un bouclier neuf, mon brave. Dis-lui que l'Empereur l'a dit. Combien as-tu d'enfants ? Aucun ? Nous allons te faire avoir une permission après cette inspection.

Le mot « permission » se répandit. Les légionnaires se raidirent pour souffrir patiemment, mais déjà quelques-uns titubaient. L'Empereur se déplaçait devant le premier rang avec une lenteur terrible.

— Est-ce que tu n'appartenais pas à la IXe ? Ne t'ai-je pas vu en Grèce ? Pourquoi n'as-tu pas eu d'avancement ? Qu'on voie cela, Colonel, qu'on y veille.

Un second vaisseau de guerre s'extrayait péniblement du port au milieu d'une foule de petites embarcations. L'*Amphitrite* courait sur l'entrée à la poursuite de la barge de l'Empereur.

— Qu'est-ce qu'on va te faire pour ce furoncle, mon brave ? Voilà ce que j'appelle un type véritablement impressionnant. Comment diable peut-il porter ces trois ballots ? je l'ignore. Comment t'appelles-tu ?

Soudain il y eut un trou d'air devant l'Empereur en même temps qu'un fracas d'airain. Le légionnaire s'était évanoui.

— Comme je le disais, tout à l'heure, il va falloir accorder des permissions à ces hommes, maintenant que l'Héritier les a ramenés dans leur patrie auprès de leur Père.

— César...

— Où as-tu perdu cet œil, mon brave? Surtout, ne perds pas l'autre !

Badaboum !

Un entrepôt perdait son huile qui brûlait sur l'eau. Un épais nuage de fumée noire entraîné par le vent passa au travers de la parade.

L'Empereur s'adressa d'une voix douce au Colonel.

— Tu vois comme la tragédie et la comédie sont mêlées. Aux ordres de qui vas-tu obéir ? Ces hommes devraient être en train d'éteindre les incendies.

Les yeux du Colonel se décroisèrent un instant.

— J'ai des ordres, César.

— Très bien. Dis-moi, mon brave, aimes-tu l'armée ? A-t-elle fait de toi un homme ?

Badaboum.

— La discipline, dit l'Empereur à l'homme de droite, est d'une grande commodité.

— César ?

— J'aurais même dû dire, une chose merveilleuse.

Il demeura un moment à contempler l'eau fuligineuse à l'entrée du port. Un mouvement incessant de navires brûlés se faisait devant lui. La fanfare noyait les exclamations qui en montaient, mais, à en juger d'après les visages crispés, elles étaient complexes et personnelles. L'*Amphitrite* et la barge impériale passèrent presque en même temps.

— Dis-moi, sergent, si je disais « À droite ! En avant, marche ! » est-ce que tu m'obéirais ?

Mais le sergent était un vieux soldat, couleur acajou, indestructible. Son butin valait à lui seul tout le reste, il l'avait placé dans un sac minuscule pendu sous sa cuirasse. Même ainsi, il ruisselait de sueur.

— Dans le gravier, avec l'armure et tout le barda, César ? (Pendant un moment, les yeux disciplinés clignotèrent de côté et en bas.) Avec plaisir.

Ce ne furent pas seulement la fumée et la

sueur qui jetèrent une lueur méditative dans le regard de l'Empereur.

— Seigneur ! César !

Les mots s'échappèrent des lèvres du Colonel. Son épée se mit à vibrer et les veines de son cou gonflèrent, pareilles à des branches de lierre. L'Empereur sourit tranquillement et se retourna pour se faufiler à travers les rangs. Il avait l'impression de se trouver dans un tunnel, sous les énormes ballots, dans l'air épais et devant la rangée d'yeux exorbités. Mais il y avait déjà un certain nombre de trous à l'endroit où les soldats d'élite de Posthumus étaient étendus sur le dos, chavirés à la parade. Le petit groupe d'hommes, le Colonel, Mamilius, Phanocle, se glissèrent derrière l'Empereur. Le mugissement terrifié de la ville, du port et des navires était ponctué par le bruit d'airain que faisaient les légionnaires en tombant.

À l'extérieur du port, les vaisseaux de guerre disparaissaient dans la brume de chaleur et tous les petits bateaux essayaient de rentrer. L'*Amphitrite* se déplaçait plus lentement. Tandis que sa chaudière s'entourait d'un matelas de chaleur de plus en plus épais, elle avançait maladroitement entre ses avirons. Mais en battant l'eau, ils en projetaient une telle quantité que leur mouvement étouffait de nouveau le feu et que le bateau manquait de s'arrêter. Ainsi dessinait-il un motif aussi imprévisible que compliqué sur l'eau par une série de tracés circulaires et maladroits. Il s'enfonçait de plus en plus.

La musique continuait de jouer.

Et les soldats de tomber.

Marche et contremarche se faufilaient entre les rangs qui se clairsemaient. La Garde sur le Rhin, L'entrée des gladiateurs, Les Gardiens du mur, Le Vieux Centième, des extraits de L'Incendie de Rome et de Les gars que nous avons laissés derrière nous. Les habitations étaient en feu, le linge s'était mis à flamber comme le gréement des navires. Dans les entrepôts, le vin lançait des flammes éclatantes, mais le blé se consumait lentement et puait.

— Et maintenant, dit l'Empereur, je veux m'adresser à eux.

Il monta sur le mur du quai et s'arrêta un instant pour s'éventer.

— Veux-tu leur faire faire demi-tour, Colonel ?

Les musiciens s'affaissaient, la cité brûlait, l'*Amphitrite* sombrait en sifflant. Les habitants de la ville s'éloignaient en direction de la campagne. C'était une scène de destruction à la fois divine et impersonnelle.

Badaboum.

— ... Vous ai observés avec une fierté croissante. Vous témoignez, en cette époque moderne de décadence, de l'esprit qui fit la grandeur de Rome. Il est de votre devoir, non pas de vous demander pourquoi, mais d'obéir à la voix de votre maître.

Mamilius, debout au pied du mur, apercevait les ombres de l'Empereur et du Colonel sur le quai, à ses pieds. L'une d'elles oscillait doucement d'avant en arrière.

— Sous le poids du soleil, sous le fardeau allègre de soixante-quatre livres d'airain, portant sur vos épaules les lourds fruits de vos durs travaux, vous avez tout supporté avec patience, parce qu'on vous en avait donné l'ordre. C'est ce que nous attendons de nos soldats.

Mamilius commença de s'éloigner sur la pointe des pieds ainsi qu'il avait appris à le faire quand il était enfant. Il regardait droit devant lui, mais s'écartait lentement, imperceptiblement, de la revue. Bientôt les femmes et la masse protectrice du tormentum le cachèrent.

— Des vaisseaux brûlaient devant vos yeux. Une ville était ravagée par le feu impitoyable. La raison vous conseillait d'éteindre les flammes. La voix indisciplinée et vulgaire de l'humanité vous murmurait que les femmes et les enfants, les personnes âgées et les malades réclamaient votre assistance. Mais vous êtes des soldats et vous aviez des ordres. Je félicite Rome de ses enfants.

Mamilius avait disparu. Les femmes étaient disposées en un ordre gracieux entre la revue et le tunnel. Le Colonel s'aperçut qu'il ne pouvait plus voir que deux épées qui s'écartaient de plus en plus l'une de l'autre. Il porta précautionneusement sa main gauche sous son poignet droit pour l'assurer.

L'Empereur rappela aux troupes l'histoire romaine.

Romulus et Rémus.

Badaboum.

Manlius, Horace. Le Porte-étendard de la IXe.

Badaboum.

L'Empereur entreprit de retracer l'expansion de l'Empire, les vertus viriles dont ils étaient un si admirable exemple. Il esquissa l'histoire de la Grèce, sa décadence ; il effleura l'indolence des Égyptiens.

Badaboum. Et boum-badaboum.

Soudain, le Colonel ne fut plus à ses côtés sur la digue. De la mer monta un plouf sonore, et puis plus rien. L'armure du Colonel était lourde.

L'Empereur parlait des honneurs de la guerre.

Badaboum.

Sortant de la brume, à environ un demi-mille du port, la barge impériale réapparut. Ses avirons frappaient l'eau très, très lentement, tandis qu'elle se dirigeait vers l'entrée.

L'emblème de la légion.

Badaboum.

L'honneur de la légion.

Le moment critique de la crise, le point de non-retour, avait été atteint. Le mouvement commença aux pieds de l'Empereur où trois hommes tombèrent ensemble. Une vague d'écœurement et de nausée déferla sur la revue et des rangs entiers s'écroulèrent dans une miséricordieuse inconscience. À l'extrémité du quai, s'entassaient une centaine d'hommes réduits à l'impuissance et une musique qui ne pouvait rien entendre par-dessus le battement dévoué de son propre cœur. L'Empereur leur jeta un regard plein de compassion.

— L'instinct de conservation.

Mamilius et la garde de l'Empereur s'élancèrent hors du tunnel. Ils étaient peut-être une douzaine, à peine sortis d'une sieste dans le jardin ombreux, prêts à se livrer, pour se mettre en train, à quelques menues brutalités. Mamilius brandissait son épée tout en chantant le refrain d'une chanson à vous figer le sang tirée des *Sept contre Thèbes* et en s'efforçant de marcher au pas. Au même moment, la barge impériale heurta le quai. Posthumus, sale, échevelé, fou de rage, s'élança à terre. La garde de l'Empereur rompit les rangs et se jeta sur Posthumus dont elle s'empara. Il parvint à se défaire de deux soldats et bondit vers Mamilius, l'épée à la main, mugissant comme un taureau. Mamilius s'arrêta, mains et genoux pressés l'un contre l'autre, menton levé. Il abandonna le grec pour sa langue natale.

— Pax... !

Posthumus fit un moulinet de son épée et l'Empereur ferma les yeux. Il entendit un bruit de gong et rouvrit les yeux. Posthumus se débattait sous une cohue de gardes. Mamilius titubait en décrivant un cercle tandis qu'il essayait sans succès de soulever le casque qui lui cachait les yeux.

— Posthumus, espèce de vieille canaille, fieffé coquin ! Maintenant, je vais avoir mal à la tête !

L'Empereur descendit du mur du quai.

— Quel est l'homme que Posthumus a amené avec lui dans la barge ?

L'officier de la garde salua.

— Un prisonnier, César. Un esclave, à en juger par son aspect.

L'Empereur tapota la paume d'une de ses mains avec un doigt de l'autre.

— Escortez l'Héritier désigné dans le tunnel, ainsi que l'esclave. Deux de vos hommes peuvent diriger le seigneur Mamilius. Ce n'est pas le moment de l'extraire. Mesdames, la séance est terminée. Vous pouvez retourner à la Villa.

Il s'arrêta un moment près du tormentum et se retourna vers le quai. La garde d'honneur et la musique remuaient faiblement, pareilles à des animaux marins échoués lorsque revient la marée.

— Six de tes hommes doivent tenir le tunnel à tout prix. Ils ne doivent s'en écarter que sur ton ordre personnel.

— César.

— Le reste de la troupe se tiendra à proximité, dans le jardin. Fais-les se dissimuler derrière les haies, au pas de course.

— Oui, César.

Les jardins avaient conservé leur tranquillité. L'Empereur se tenait près du bassin aux nénuphars, il respirait l'air parfumé avec gratitude. Au-dessous de lui, la surface de la mer commençait à réapparaître. Une fois sa respiration devenue régulière, il se tourna vers le petit groupe d'hommes.

— Te tiendras-tu tranquille, Posthumus, si je dis aux gardes de te relâcher ?

Posthumus jeta un coup d'œil sur la bouche sombre du tunnel et l'Empereur secoua la tête.

— Je t'en prie, ôte-toi de la tête l'idée de filer par le tunnel. Les hommes qui sont là ont des ordres. Allons ! Essayons d'avoir une conversation raisonnable.

Posthumus se dégagea d'une secousse.

— Qu'as-tu fait de mes soldats, espèce de... sorcier ?

— Une simple revue, Posthumus, une revue de routine. Mais je l'ai poursuivie à l'infini.

Posthumus leva le bras et remit son casque en place. La plume rouge et or avait roussi.

— Que vas-tu faire de moi ?

L'Empereur grimaça un sourire.

— Regarde Mamilius. Peux-tu l'imaginer empereur ?

Mamilius était étendu à travers un banc de pierre sur le ventre. Deux soldats lui tenaient les jambes. À l'autre bout, un troisième soldat tirait sur le casque enfoncé jusqu'aux yeux.

— Les renseignements de l'agent donnaient tous les détails.

L'Empereur fit un signe de son doigt recourbé.

— Phanocle.

— César.

— Dis à l'Héritier désigné une fois pour toutes tout ce que tu allais entreprendre.

— Je le lui ai dit, César. Pas d'esclaves, pas de guerre.

Posthumus ricana.

— Amenez l'esclave que j'ai fait prisonnier. C'était l'un de ceux qui ont brûlé votre bateau.

Deux soldats amenèrent l'esclave, derrière en l'air, dont ils tenaient chacun deux membres. Il était nu, et l'eau avait séché sur lui. Il était homme à déchirer un lion en deux, barbu, large, brun, sauvage.

L'Empereur le considéra des pieds à la tête.

— Qui est-il ?

Un soldat saisit les cheveux de l'homme, les tira de côté et lui fit lever la tête ; l'homme grimaça de douleur. Posthumus se pencha en avant et examina les entailles faites dans l'oreille de l'esclave. Il fit un signe de tête et le soldat lâcha l'homme.

— Pourquoi as-tu agi ainsi ?

L'esclave lui répondit d'une voix à la fois rauque à force de crier et maladroite à force de ne plus servir.

— Je suis un rameur.

Les sourcils de l'Empereur se soulevèrent.

— À l'avenir, je veux que les rameurs soient enchaînés à leur rame, à moins que cela ne revienne trop cher ?

L'esclave essaya de joindre ses mains.

— César... aie pitié. Nous ne pouvions pas tuer cet homme.

— Phanocle ?

— Son démon le protégeait. Une planche a tué l'esclave qui se tenait près de lui. La masse l'a manqué.

Mamilius sortit de son casque en poussant un cri. Il se précipita vers l'Empereur.

— Mamilius... la masse ne t'était pas destinée !

Mamilius, tout excité, se tourna vers l'esclave.

— Vous n'avez pas essayé de me tuer ?

— Pourquoi l'aurions-nous fait, seigneur ? Si tu avais cessé de nous utiliser, nous aurions eu le droit de le faire. On nous a achetés. Mais cet homme ne se sert pas du tout de nous. Nous avons vu son bateau se mouvoir sans rames ni voiles, et contre le vent. À quoi serviront les rameurs ?

Phanocle poussa un cri.

— Mon navire vous aurait rendu votre liberté !

L'Empereur regarda l'esclave d'un air pensif.

— Est-ce que tu es heureux sur ton banc ?

— Les dieux savent ce que nous souffrons.

— Pourquoi alors ?

L'esclave s'arrêta un instant. Quand il parla de

nouveau, les mots sortirent mécaniquement des profondeurs mêmes du passé.

— Je préférerais être esclave chez un petit propriétaire que régner en enfer sur tous les fantômes des hommes.

— Je vois.

L'Empereur fit un signe de tête aux soldats.

— Emmenez-le.

Posthumus eut un rire déplaisant.

— Voilà ce que pense de votre bateau un professionnel de la mer. Grec !

L'Empereur éleva la voix.

— Attends. Prenons d'abord l'opinion d'un soldat professionnel sur la machine à foudre. Officier !

Mais l'officier faisait déjà le salut militaire.

— Excuse-moi, César, mais la dame...

— Quelle dame ?

— Ils ne la laisseront pas passer sans un ordre de moi, César. Mamilius cria d'une voix altérée.

— Euphrosyne !

L'officier cessa de saluer.

— Laissez passer la dame, les gars ! Plus vite que ça !

Les soldats s'écartèrent de l'extrémité du tunnel et Euphrosyne s'avança, à la fois timide et pressée, vers Phanocle et l'Empereur.

— Où étais-tu mon enfant ? Pourquoi n'étais-tu pas avec les autres ? Le quai est dangereux sans moi !

Mais elle ne disait toujours rien, et le voile tremblait devant sa bouche. L'Empereur l'appela d'un signe.

— Viens près de moi. Tu es en sécurité maintenant.

Il se tourna vers l'officier.

— Officier.

— César.

— Repos. Posthumus, pose tes questions.

Posthumus le regarda un moment.

— Capitaine, te réjouis-tu à la perspective d'une bataille ?

— Pour défendre le Père de son Pays...

L'Empereur agita la main.

— Ta loyauté n'est pas mise en question. Réponds, s'il te plaît.

Le Capitaine réfléchit.

— Dans l'ensemble, oui, César.

— Pourquoi ?

— Ça fait un changement, César. L'excitation, l'avancement, peut-être le pillage... et tout le reste.

— Aimerais-tu mieux détruire les ennemis à distance ?

— Je ne comprends pas.

Posthumus désigna Phanocle d'un mouvement du pouce.

— Ce Grec visqueux a fabriqué l'engin qui se trouve sur le quai. Tu appuies sur un bouton et l'ennemi part en fumée.

Le Capitaine méditait.

— Le Père de son Pays n'a donc plus besoin de ses soldats désormais ?

Posthumus regarda le Capitaine d'un air qui en disait long.

— Apparemment pas. Mais moi, si.

— Mais, seigneur... et si l'ennemi se procure cette machine à foudre ?

Posthumus regarda Phanocle.

— L'armure servira-t-elle à quelque chose ?

— À rien, en vérité.

L'Empereur prit Mamilius par un bout de son manteau rouge et le tira doucement.

— Je suppose que ce genre d'uniforme disparaîtra. On fera la guerre en rampant sur son ventre. L'uniforme devra donc être couleur de boue ou de merde.

L'officier baissa les yeux sur sa cuirasse étincelante.

— ... Et on pourra toujours peindre le métal d'une teinte neutre ou simplement le laisser se salir.

L'officier pâlit.

— Tu plaisantes, César.

— Tu vois ce qu'a fait son bateau dans le port.

L'officier fit un pas en arrière. Sa bouche était ouverte et il respirait vite, comme un homme dans les premières phases d'un cauchemar. Il se mit à regarder tout autour de lui, les haies, les bancs de pierre, les soldats qui tenaient l'entrée du tunnel...

Posthumus fit un pas vers lui et le prit par le bras.

— Eh bien, Capitaine ?

Leurs regards se rencontrèrent. Le doute abandonna le visage du Capitaine. Sa mâchoire avança et les muscles de ses joues apparurent.

— Peux-tu te débrouiller avec les autres, général ?

Posthumus fit un signe de tête affirmatif.

Aussitôt, ce fut le désordre. À travers une rangée de personnages gesticulants, à travers un enchevêtrement d'hommes qui cherchaient à maintenir leur équilibre au bord du bassin, on voyait Phanocle essayant d'échapper au poing de Posthumus tendu au-dessus des calmes nénuphars. Puis l'officier s'élança vers l'entrée du tunnel suivi par Posthumus qui marchait d'un pas lourd. L'officier cria un ordre aux hommes qui gardaient l'entrée ; ils firent un pas de côté, formant un écran humain... une, deux! une, deux! une, deux! Posthumus et l'officier disparurent dans le tunnel et la sentinelle, sur le côté, resta au garde-à-vous. Près du bassin, les soldats commençaient à se séparer les uns des autres. Mamilius, qui avait entre le tunnel et lui toute la largeur du bassin, se précipitait de-ci, de-là, tandis que son esprit, frappé de stupeur, essayait de trouver le chemin le plus court pour en faire le tour. Seul l'Empereur demeurait silencieux, l'air distingué, un peu plus pâle, peut-être, un peu plus lointain au fur et à mesure que la certitude de la chute et de la mort s'appesantissait sur lui. Et puis, les soldats s'étaient remis, Phanocle avait réussi à sortir du bassin à travers lequel Mamilius, ayant résolu son problème, pataugeait maintenant. Hésitants, incapables de croire à la défection de l'officier, tous convergeaient vers l'entrée du tunnel. L'Empereur les suivit d'un pas nonchalant. Il considérait pensivement l'écran humain que la discipline avait rendu si inefficace. Il haussa légèrement les épaules sous sa toge.

Il parla très doucement, comme à des enfants.

— Vous pouvez vous mettre au repos.

Un souffle d'air brutal sortit du tunnel, les déplaça et provoqua leur fuite. Presque au même moment, le sol eut un soubresaut et le bruit les frappa comme un coup de poing. L'Empereur se tourna vers Mamilius.

— Le tonnerre ?

— Le Vésuve ?

On entendit un gémissement au-dessus de la langue de terre qui séparait le jardin du port, un gémissement descendant, un cliquetis d'airain presque à portée de la main et le murmure des branches d'un if. Le moment du choc, dans son intemporalité, émoussa l'imminence même du danger qu'ils couraient ; ils se regardèrent d'un air hébété. Phanocle tremblait. Alors, il y eut des bruits de pas dans le tunnel, des pas qui se hâtaient, qui couraient, qui chancelaient. Un soldat se rua hors de la galerie et l'on vit, à ses rubans rouges et or, qu'il appartenait à Posthumus.

— César...

— Remets-toi et fais-moi ton rapport.

— Il est mort...

— Qui est mort et qu'est-il arrivé ?

Le soldat tangua, puis il retrouva ses esprits.

— Comment puis-je te dire, César ? Voilà qu'on se remettait en rang après le... après l'inspection. Le général Posthumus arriva en courant du tunnel. Il en vit quelques-uns de notre compagnie qui combattaient les incendies et il commença à rassembler tous les autres. Il y avait un de tes officiers qui courait derrière lui. Je vis l'officier se pencher à côté de la marque VII. Il y eut un éclair, un coup de tonnerre...

— Et un trou fumant dans le quai. Où est Posthumus ?

Le soldat étendit les bras dans un geste d'ignorance. Phanocle tomba à genoux et tendit la main vers le bord de la toge impériale. Mais le soldat regardait au-delà en direction du bouquet d'ifs le plus proche, entre le bassin et la pente des jardins. Ses yeux s'agrandirent d'une façon terrifiante. Il poussa un cri et se sauva à toutes jambes.

— Sorcellerie !

Posthumus les regardait, il devait les regarder de derrière la haie d'ifs, car ils apercevaient son casque en bronze orné d'un plumet rouge et or. Il donnait l'impression de se préparer un léger repas, car l'air au-dessus de son casque tremblait plus que ne l'eût voulu la chaleur de l'été. Ils virent le plumet virer au brun. Les petites branches des ifs se courbèrent, frisèrent sous l'effet de la chaleur, se rompirent. Le casque s'inclina, se retourna parmi les branches et présenta à leur vue son intérieur vide.

— Viens ici, mon brave.

Le soldat sortit en rampant de sa cachette.

— Le Tout-Puissant a détruit le général Posthumus devant tes yeux et ceux de tes compagnons pour le punir de s'être ouvertement rebellé contre l'Empereur. Dis-leur.

Il se tourna vers Phanocle.

— Va sauver ce que tu peux. Tu as une lourde dette envers l'humanité. Va avec lui, Mamilius, car tu es en mission. Il y a une occasion qui t'attend de l'autre côté du tunnel. Saisis-la.

Le bruit de leurs pas résonna dans le tunnel et s'éteignit.

— Viens, demoiselle.

Il s'assit sur l'un des bancs de pierre, près du bassin aux nénuphars.

Elle s'approcha et resta debout, mais la grâce de ses mouvements avait disparu.

— Donne-le-moi.

Pendant un moment, elle demeura silencieuse, protégée qu'elle était par ses draperies. L'Empereur n'ajouta rien, mais il donna toute sa force à l'autorité muette de sa main tendue. Alors elle avança l'objet vers lui, le lui laissa dans la main tandis qu'elle levait la sienne vers son visage caché. L'Empereur considéra sa paume d'un air pensif.

— Il semble que je te doive la vie. Non que Posthumus n'eût mieux réussi à gouverner. Demoiselle, il faut que je voie ton visage.

Elle ne dit rien, ne fit rien. L'Empereur l'observa, puis il inclina la tête, comme s'ils s'étaient trouvés tacitement d'accord.

— Je comprends.

Il se leva, contourna le bassin et s'arrêta pour contempler, par-dessus la falaise, les vagues maintenant visibles.

— Que ceci reste un moment d'histoire qu'il est préférable d'oublier.

Il lança le papillon de cuivre dans la mer.

4

L'ENVOYÉ

L'Empereur et Phanocle étaient étendus l'un en face de l'autre de chaque côté d'une table basse. La table, le sol, la pièce étaient circulaires et entourés par des colonnes qui soutenaient une coupole sombre. Une constellation scintillait dans l'ouverture juste au-dessus de leur tête, mais la pièce elle-même était doucement éclairée par les lumières placées derrière les piliers... un éclairage chaud qui convenait à la détente et à la digestion. Une flûte méditait quelque part.

— Est-ce que cela va marcher, à ton avis ?

— Pourquoi pas, César ?

— Curieux homme. Tu réfléchis dans tel ou tel sens sur les lois universelles et tu en déduis une certitude. Bien sûr, cela marchera. Il me faut patienter.

Ils demeurèrent un moment silencieux. La voix de l'eunuque se joignit à la flûte et ajouta des paroles à la mélodie.

— Que faisait Mamilius quand tu l'as quitté, Phanocle ?

— Il donnait de nombreux ordres.

— Excellent.

— Ce n'étaient pas les ordres qu'il fallait, mais les hommes lui obéissaient.

— C'est là le secret. Ce sera un empereur terrible. Meilleur que Caligula, mais moins doué que Néron.

— Il était si fier de l'éraflure dans son casque. Il avait découvert, disait-il, qu'il était un homme d'action.

— Tant pis pour la poésie. Pauvre Mamilius.

— Non, César. Il a dit que l'action exaltait le poète en lui et qu'il avait créé le poème parfait dans l'action.

— Certainement pas un poème épique ?

— Une épigramme, César. « Euphrosyne est belle, mais elle est muette. »

L'Empereur inclina gravement la tête.

— Tandis que toi et moi savons qu'elle est extrêmement intelligente et que son esprit est vif.

Phanocle se souleva légèrement sur sa couche.

— Comment pourrais-tu le savoir ?

L'Empereur fit rouler sous ses doigts, d'avant en arrière, un grain de raisin.

— Je vais l'épouser, bien sûr. Ne me regarde

pas ainsi bouche bée, Phanocle, ou alors, crains que je ne te fasse étrangler lorsque je verrai son visage. À mon âge, malheureusement, ce ne sera un mariage que de nom. Mais elle y gagnera la sécurité, la discrétion et un facteur de paix. Elle a un bec-de-lièvre, n'est-ce pas ?

Le sang envahit le visage de Phanocle, parut le noyer et fit saillir ses yeux. L'Empereur agita un doigt.

— Seul un jeune fou comme Mamilius pouvait prendre sa timidité pathologique pour une modestie bienséante. Je te le confie du haut de ma longue expérience, et j'espère qu'aucune femme ne peut entendre : nous, les hommes, nous avons inventé la modestie. Je me demande si nous avons également inventé la chasteté. Aucune belle femme n'aurait pu refuser aussi longtemps de montrer son visage, s'il avait été sans défaut.

— Je n'avais pas osé te le dire.

— Parce que tu avais compris que je t'acceptais à cause d'elle ? Quelle déception pour Mamilius et son amour romantique ! Persée et Andromède ! Il va m'en vouloir terriblement. J'aurais dû me rappeler depuis le début qu'un Empereur ne peut prendre plaisir à des relations humaines normales.

— Je suis désolé...

— Moi aussi, Phanocle, et pas seulement en ce qui me concerne. N'as-tu jamais pensé à tourner la lumière de ton extraordinaire intelligence vers la médecine ?

— Non, César.

— Veux-tu que je te dise pourquoi ?

— J'écoute.

Les mots de l'Empereur tombèrent avec clarté, avec douceur, dans le calme de la pièce, pareils à de petits cailloux.

— J'ai dit que tu étais insolent. Tu es égoïste aussi. Tu es seul dans ton univers, en compagnie des lois naturelles, et tu considères les gens comme une interruption, une intrusion. Je suis égoïste aussi, et seul... tout en reconnaissant cependant aux individus jusqu'à un certain point le droit à une existence indépendante. Oh vous, les physiciens ! Êtes-vous nombreux ? je me le demande. Votre égoïsme destiné et voué à un unique but, votre esprit magnifiquement préoccupé de la seule chose qui puisse vous intéresser, pourraient aller jusqu'à effacer la vie de la terre, comme j'efface le velouté de ce grain de raisin.

Ses narines frémirent.

— Mais silence maintenant. Voici venir la truite.

Cependant que se déroulait le cérémonial,

entrée du majordome et des serviteurs, tout un rythme nouveau de mouvements. L'Empereur contrevint lui-même à ses ordres.

— Es-tu trop jeune ? je me le demande. Ou bien trouves-tu, comme moi, lorsque tu lis un livre que tu as jadis aimé, la moitié de ton plaisir dans l'évocation du temps où tu l'as lu pour la première fois ? Tu vois comme je suis égoïste, Phanocle ! Si je me mettais à lire les églogues, je ne serais pas transporté dans une Arcadie romaine. Je serais de nouveau un petit garçon, préparant le passage du lendemain pour mon précepteur.

Phanocle se remettait.

— Une piètre récompense à tes lectures, César.

— Crois-tu vraiment ? Nous autres, les égoïstes, nous renfermons sûrement toute l'histoire dans nos propres vies ! Chacun de nous découvre les pyramides. L'espace, le temps, la vie... ce que je pourrais appeler le continu quadridimensionnel... mais tu constates à quel point le latin est mal adapté à la philosophie ! La vie est une affaire personnelle avec un unique point fixe servant de référence. Alexandre n'avait pas livré ses batailles tant que je ne l'eus pas découvert à l'âge de sept ans. Quand j'étais un petit enfant, le temps était un instant ; mais j'ai poussé, senti, goûté, vu, entendu, braillé ce point unique et suffocant pour le transformer en palais historiques et en vastes champs de l'espace.

— De nouveau, je ne te comprends pas, César.

— Tu le devrais, car je me réfère à une expérience qui nous est commune. Mais il te manque mon introversion — ou devrais-je dire mon égoïsme ? — constate comme un Empereur qu'on n'interrompt pas est enclin aux parenthèses ! — c'est pourquoi tu ne peux saisir. Songe, Phanocle ! Si tu peux me rendre non la satisfaction de l'appétit, mais un seul souvenir précieux ! De quelle autre façon, sinon par le développement de l'anticipation et de la mémoire, notre instant humain diffère-t-il du mouvement indifférent de l'horloge de la nature ?

Phanocle leva les yeux vers la constellation suspendue si proche et si brillante qu'ils auraient pu croire qu'une troisième dimension lui avait fait gagner en intensité ; mais avant qu'il pût penser à une réponse, les plats furent installés. On souleva les couvercles qui laissèrent échapper une vapeur odorante. L'Empereur ferma les yeux, pencha la tête en avant et respira.

— Oui... ?

Puis avec les accents d'une émotion profonde :

— Oui !

Phanocle mangea rapidement sa truite, car il avait faim, et il souhaitait que l'Empereur lui proposât à boire. Mais l'Empereur était en extase. Ses lèvres remuaient et son visage rougissait et pâlissait tour à tour.

— Fraîcheur. Surfaces d'eau étincelante et ombres, et cataractes tombant des sombres rochers dans les hauteurs.

« Cela me revient. Je suis étendu sur un rocher qui a exactement la dimension de mon corps. Les falaises se dressent autour de moi, la rivière coule tout près et son eau est sombre malgré le soleil. Deux pigeons échangent des roucoulements monotones. Je ressens une douleur dans le côté droit, car le bord du rocher me coupe ; mais je suis couché à plat ventre, mon bras droit se déplace lentement comme une hélice aquatique sur un bloc de pierre. Je touche un miracle de la réalité présente, je caresse de la main — je suis furieusement, passionnément vivant — un instant de plus et l'exultation de mon cœur éclatera en un déchaînement de mouvements. Mais je calme mon ambition, mon désir, ma convoitise — ma volonté compense ma passion. Je caresse doucement comme une herbe à la dérive. Elle est là dans les ténèbres, elle ondule, elle résiste au courant. Maintenant... ! La convulsion de deux corps, une impression de terreur, de viol... elle vole en l'air et je l'étreins avec des griffes de lion. C'est fini, elle est à moi...

L'Empereur ouvrit les yeux et regarda Phanocle. Une larme coulait le long de sa joue, précisément au-dessus du poisson qu'il n'avait pas goûté.

— ... Ma première truite.

Il saisit une coupe, répandit une goutte ou deux sur le sol, puis il tendit la coupe à Phanocle.

— À la marmite à pression. Entre toutes, la plus prométhéenne des découvertes.

Un moment plus tard, il avait maîtrisé son émotion. Il dit avec un petit rire :

— Je me demande comment je vais te récompenser.

— César !

Phanocle avala et dit en bafouillant :

— Mon explosif...

— Je ne tiens pas compte du bateau à vapeur. Il est amusant, mais il coûte cher. Je dois admettre que l'amateur d'expériences que je suis a été intéressé par ses possibilités atroces, mais une fois suffit. Il ne faut plus que tu construises des bateaux à vapeur!

— Mais, César!

— D'ailleurs comment peux-tu trouver ton chemin sans le moindre vent?

— Je pourrais inventer un mécanisme qui pointerait constamment dans la même direction.

— Je t'en prie, invente-le. Peut-être pourrais-tu inventer une flèche mobile qui serait toujours tournée vers Rome?

— Quelque chose qui regarde le nord.

— Mais plus de navires à vapeur.

— Je...

L'Empereur agita la main.

— Telle est notre impériale volonté, Phanocle.

— Je m'incline.

— C'était dangereux.

— Peut-être un jour, César, quand les hommes seront libres parce qu'ils ne se prendront plus pour des esclaves...

L'Empereur secoua la tête.

— Tu travailles au milieu d'éléments parfaits, c'est pourquoi, en politique, tu es un idéaliste. Il y aura toujours des esclaves, bien que le nom puisse changer. Qu'est-ce que l'esclavage, sinon la domination des faibles par les forts? Comment pourrait-on les rendre égaux? Ou bien serais-tu assez bête pour croire que les hommes sont nés égaux ?

Il fut grave soudain.

— Quant à ton explosif... il m'a sauvé la vie aujourd'hui et par conséquent il a sauvé la paix de l'Empire. Mais il a coûté à l'Empire un chef impitoyable qui aurait assassiné une demi-douzaine d'individus et qui aurait rendu la justice à cent millions. Le monde a fait une mauvaise affaire. Non, Phanocle. Nous allons rendre la foudre de Jupiter à sa main hasardeuse et inéluctable.

— Mais c'étaient mes plus grandes inventions !

La première truite avait disparu, froide, de l'assiette impériale. Une autre avait été apportée et, de nouveau, il plongeait son visage dans l'odeur suave.

— La marmite à pression. C'est pour cela que je te récompenserai.

— Alors, César, comment me récompenseras-tu pour ceci ?

— Pour quoi ?

— Ma troisième invention. Je l'ai tenue en réserve.

Sa main descendit lentement, dramatiquement, jusqu'à sa ceinture. L'Empereur l'observait avec appréhension.

— Cette invention a-t-elle un rapport quelconque avec le tonnerre ?

— Avec le silence seulement.

L'Empereur fronça les sourcils. Il tenait un papier dans chaque main et son regard allait de l'un à l'autre.

— Des poèmes ? Alors, tu es un poète ?

— Mamilius a écrit ces vers.

— J'aurais dû le savoir. Sophocle, Carcide... comme ce garçon est instruit !

— Il en deviendra célèbre. Lisez cet autre poème, César, car c'est exactement le même. J'ai inventé un procédé pour reproduire les livres. Je l'appelle l'imprimerie.

— Mais c'est... un autre autoclave !

— Un homme et un enfant peuvent faire un millier de copies d'un livre par jour.

L'Empereur leva les yeux des deux papiers.

— Nous pourrions distribuer cent mille exemplaires d'Homère !

— Un million, si tu le veux.

— Nul poète ne se plaindrait du manque de lecteurs...

— Non plus que du manque d'argent. Plus question de dicter une édition à une poignée d'esclaves. César, un poète pourra vendre ses poèmes au poids, comme des légumes. Les marmitons eux-mêmes se consoleront dans les hauts faits de notre drame athénien...

L'Empereur, dans son enthousiasme, se dressa sur son séant.

— Une bibliothèque publique dans toutes les villes !

— ... Dans tous les foyers.

— Dix mille exemplaires des poèmes d'amour de Catulle...

— Cent mille des œuvres de Mamilius...

— Hésiode dans toutes les chaumières...

— Un auteur dans chaque rue...

— Une chaîne alpestre d'enquête et d'information méticuleuse sur tous les sujets possibles...

— Les connaissances, l'éducation...

L'Empereur s'allongea de nouveau.

— Attends. Y aura-t-il des génies en nombre suffisant pour répondre à la demande ? Tous les combien naît-il un Horace ?

— Allons, César, la nature est généreuse.

— Supposons que nous écrivions tous des livres ?

— Pourquoi pas ? Des biographies intéressantes...

L'Empereur fixait avec insistance un point situé hors du monde... quelque part dans le futur.

— Le Journal d'un gouverneur de province.

J'ai construit le mur d'Hadrien. Ma Vie mondaine, par une dame de qualité.

— Et puis, la science.

— Cinquante passages intercalés dans le catalogue des bateaux. Innovations métriques dans les mimes d'Herondas. Le Symbolisme inconscient dans le premier livre d'Euclide. Prolégomènes à l'investigation des trivia résiduels.

Les yeux de l'Empereur s'emplirent de terreur.

— L'Histoire... Sur les pas de Thucydide. J'étais la grand-mère de Néron.

Phanocle s'assit et applaudit avec enthousiasme.

— Des reportages, César, les faits essentiels !

La terreur augmenta.

— ... l'Armée, la Marine, la Santé, la Population... il faudra que je lise tout ! La Politique, l'Économie, l'Agriculture, l'Horticulture, l'Individu, les Masses, les Statistiques, la Médecine...

L'Empereur se leva en chancelant. Les mains levées, les yeux fermés, il avait un visage crispé.

— Qu'il se remette à chanter !

Plein d'une froide autorité.

L'Empereur ouvrit les yeux. Il marcha d'un pas vif vers l'une des colonnes et, pour se rassurer, il toucha la réalité de la pierre. Il leva son regard vers le plafond et contempla la constellation carrelée qui était suspendue, étincelante, dans les sphères de cristal. Il se calmait, bien que son corps frissonnât encore légèrement. Il se tourna vers Phanocle de l'autre côté de la table et le considéra.

— Mais nous parlions de ta récompense.

— Je suis entre les mains de César.

L'Empereur s'approcha de lui et le regarda, tandis que ses lèvres tremblaient.

— Aimerais-tu être nommé ambassadeur ?

— Mes plus hautes ambitions n'ont jamais...

— De cette façon, tu auras le temps d'inventer cet instrument qui indique le nord. Tu pourras emporter ton explosif et ton imprimerie avec toi. Je vais te nommer Envoyé extraordinaire et Ministre plénipotentiaire.

Il s'arrêta un instant.

— Phanocle, mon cher ami, je veux que tu ailles en Chine.

DÉCOUVREZ LES FOLIO 2 €

Parutions d'octobre 2006

H. DE BALZAC — *Les dangers de l'inconduite*

Sous couvert d'inculquer de bons principes en donnant cette triste histoire en exemple, Balzac peint l'étonnant portrait d'un homme d'argent.

COLLECTIF — *1, 2, 3... bonheur!*

Mieux qu'une cure de vitamines, lisez *1, 2, 3... bonheur!*

J. CRUMLEY — *Tout le monde peut écrire une chanson triste* et autres nouvelles

Avec une tendresse bourrue pour ses héros désespérés, James Crumley nous offre trois textes rares.

FUMIO NIWA — *L'âge des méchancetés*

Un texte féroce et dérangeant sur la vieillesse.

W. GOLDING — *L'envoyé extraordinaire*

Une histoire à l'humour débridé et fantaisiste, un conte philosophique cruel par l'auteur de *Sa Majesté des Mouches*.

P. LOTI — *Les trois dames de la Kasbah* suivi de *Suleïma*

Homme de lettres, officier de marine et grand voyageur, Pierre Loti, dans une prose limpide, nous offre un tableau sensuel et cruel de l'Algérie française.

MARC AURÈLE — *Pensées* (Livres I-VI)

Un examen de conscience étonnamment moderne à lire et à relire.

J. RHYS — *À septembre, Petronella* suivi de *Qu'ils appellent ça du jazz*

Deux histoires de femmes malmenées par la vie dont le destin bascule au hasard d'une rencontre.

G. STEIN — *La brave Anna*

D'une plume juste et sobre, Gertrude Stein évoque la banalité du quotidien et le destin manqué d'un cœur simple.

VOLTAIRE — *Le Monde comme il va* et autres contes

Avec une ironie mordante et une langue acérée, Voltaire dénonce les travers de son époque — ou est-ce de la nôtre?

Dans la même collection

R. AKUTAGAWA	*Rashômon* et autres contes (Folio n° 3931)
M. AMIS	*L'état de l'Angleterre* précédé de *Nouvelle carrière* (Folio n° 3865)
H. C. ANDERSEN	*L'elfe de la rose* et autres contes du jardin (Folio n° 4192)
ANONYME	*Conte de Ma' rûf le savetier* (Folio n° 4317)
ANONYME	*Le poisson de jade et l'épingle au phénix* (Folio n° 3961)
ANONYME	*Saga de Gísli Súrsson* (Folio n° 4098)
G. APOLLINAIRE	*Les Exploits d'un jeune don Juan* (Folio n° 3757)
ARAGON	*Le collaborateur* et autres nouvelles (Folio n° 3618)
I. ASIMOV	*Mortelle est la nuit* précédé de *Chante-cloche* (Folio n° 4039)
J. AUSTEN	*Lady Susan* (Folio n° 4396)
H. DE BALZAC	*L'Auberge rouge* (Folio n° 4106)
T. BENACQUISTA	*La boîte noire* et autres nouvelles (Folio n° 3619)
K. BLIXEN	*L'éternelle histoire* (Folio n° 3692)
BOILEAU-NARCEJAC	*Au bois dormant* (Folio n° 4387)
M. BOULGAKOV	*Endiablade* (Folio n° 3962)
R. BRADBURY	*Meurtres en douceur* et autres nouvelles (Folio n° 4143)
L. BROWN	*92 jours* (Folio n° 3866)
S. BRUSSOLO	*Trajets et itinéraires de l'oubli* (Folio n° 3786)
J. M. CAIN	*Faux en écritures* (Folio n° 3787)
A. CAMUS	*Jonas ou l'artiste au travail* suivi de *La pierre qui pousse* (Folio n° 3788)
A. CAMUS	*L'été* (Folio n° 4388)
T. CAPOTE	*Cercueils sur mesure* (Folio n° 3621)

T. CAPOTE	*Monsieur Maléfique* et autres nouvelles (Folio n° 4099)
A. CARPENTIER	*Les Élus* et autres nouvelles (Folio n° 3963)
C. CASTANEDA	*Stopper-le-monde* (Folio n° 4144)
M. DE CERVANTÈS	*La petite gitane* (Folio n° 4273)
R. CHANDLER	*Un mordu* (Folio n° 3926)
G. K. CHESTERTON	*Trois enquêtes du Père Brown* (Folio n° 4275)
E. M. CIORAN	*Ébauches de vertige* (Folio n° 4100)
COLLECTIF	*Au bonheur de lire* (Folio n° 4040)
COLLECTIF	*« Dansons autour du chaudron »* (Folio n° 4274)
COLLECTIF	*Des mots à la bouche* (Folio n° 3927)
COLLECTIF	*« Il pleut des étoiles »* (Folio n° 3864)
COLLECTIF	*« Leurs yeux se rencontrèrent... »* (Folio n° 3785)
COLLECTIF	*« Ma chère Maman... »* (Folio n° 3701)
COLLECTIF	*« Mourir pour toi »* (Folio n° 4191)
COLLECTIF	*« Parce que c'était lui ; parce que c'était moi »* (Folio n° 4097)
COLLECTIF	*Un ange passe* (Folio n° 3964)
CONFUCIUS	*Entretiens* (Folio n° 4145)
J. CONRAD	*Jeunesse* (Folio n° 3743)
J. CORTÁZAR	*L'homme à l'affût* (Folio n° 3693)
D. DAENINCKX	*Ceinture rouge* précédé de *Corvée de bois* (Folio n° 4146)
D. DAENINCKX	*Leurre de vérité* et autres nouvelles (Folio n° 3632)
R. DAHL	*L'invité* (Folio n° 3694)
R. DAHL	*Gelée royale* précédé de *William et Mary* (Folio n° 4041)
S. DALI	*Les moustaches radar (1955-1960)* (Folio n° 4101)
M. DÉON	*Une affiche bleue et blanche* et autres nouvelles (Folio n° 3754)
R. DEPESTRE	*L'œillet ensorcelé* et autres nouvelles (Folio n° 4318)

P. K. DICK — *Ce que disent les morts* (Folio n° 4389)

D. DIDEROT — *Lettre sur les aveugles à l'usage de ceux qui voient* (Folio n° 4042)

R. DUBILLARD — *Confession d'un fumeur de tabac français* (Folio n° 3965)

A. DUMAS — *La Dame pâle* (Folio n° 4390)

S. ENDO — *Le dernier souper* et autres nouvelles (Folio n° 3867)

ÉPICTÈTE — *De la liberté* précédé de *De la profession de Cynique* (Folio n° 4193)

W. FAULKNER — *Le Caïd* et autres nouvelles (Folio n° 4147)

W. FAULKNER — *Une rose pour Emily* et autres nouvelles (Folio n° 3758)

F. S. FITZGERALD — *La Sorcière rousse* précédé de *La coupe de cristal taillé* (Folio n° 3622)

F. S. FITZGERALD — *Une vie parfaite* suivi de *L'accordeur* (Folio n° 4276)

C. FUENTES — *Apollon et les putains* (Folio n° 3928)

GANDHI — *La voie de la non-violence* (Folio n° 4148)

R. GARY — *Une page d'histoire* et autres nouvelles (Folio n° 3753)

J. GIONO — *Arcadie... Arcadie...* précédé de *La pierre* (Folio n° 3623)

J. GIONO — *Prélude de Pan* et autres nouvelles (Folio n° 4277)

N. GOGOL — *Une terrible vengeance* (Folio n° 4395)

W. GOMBROWICZ — *Le festin chez la comtesse Fritouille* et autres nouvelles (Folio n° 3789)

H. GUIBERT — *La chair fraîche* et autres textes (Folio n° 3755)

E. HEMINGWAY — *L'étrange contrée* (Folio n° 3790)

E. HEMINGWAY — *Histoire naturelle des morts* et autres nouvelles (Folio n° 4194)

C. HIMES — *Le fantôme de Rufus Jones* et autres nouvelles (Folio n° 4102)

E. T. A. HOFFMANN — *Le Vase d'or* (Folio n° 3791)

P. ISTRATI	*Mes départs* (Folio n° 4195)
H. JAMES	*Daisy Miller* (Folio n° 3624)
H. JAMES	*Le menteur* (Folio n° 4319)
T. JONQUET	*La folle aventure des Bleus...* suivi de *DRH* (Folio n° 3966)
F. KAFKA	*Lettre au père* (Folio n° 3625)
J. KEROUAC	*Le vagabond américain en voie de disparition* précédé de *Grand voyage en Europe* (Folio n° 3694)
J. KESSEL	*Makhno et sa juive* (Folio n° 3626)
JI YUN	*Des nouvelles de l'au-delà* (Folio n° 4326)
R. KIPLING	*La marque de la Bête* et autres nouvelles (Folio n° 3753)
LAO SHE	*Histoire de ma vie* (Folio n° 3627)
LAO-TSEU	*Tao-tö king* (Folio n° 3696)
J. M. G. LE CLÉZIO	*Peuple du ciel* suivi de *Les bergers* (Folio n° 3792)
J. LONDON	*La piste des soleils* et autres nouvelles (Folio n° 4320)
H. P. LOVECRAFT	*La peur qui rôde* et autres nouvelles (Folio n° 4194)
P. MAGNAN	*L'arbre* (Folio n° 3697)
K. MANSFIELD	*Mariage à la mode* précédé de *La Baie* (Folio n° 4278)
G. DE MAUPASSANT	*Le Verrou* et autres contes grivois (Folio n° 4149)
I. McEWAN	*Psychopolis* et autres nouvelles (Folio n° 3628)
H. MELVILLE	*Les Encantadas, ou Îles Enchantées* (Folio n° 4391)
P. MICHON	*Vie du père Foucault — Vie de Georges Bandy* (Folio n° 4279)
H. MILLER	*Plongée dans la vie nocturne...* précédé de *La boutique du Tailleur* (Folio n° 3929)
S. MINOT	*Une vie passionnante* et autres nouvelles (Folio n° 3967)
Y. MISHIMA	*Dojoji* et autres nouvelles (Folio n° 3629)
Y. MISHIMA	*Martyre* précédé de *Ken* (Folio n° 4043)
M. DE MONTAIGNE	*De la vanité* (Folio n° 3793)

E. MORANTE	*Donna Amalia* et autres nouvelles (Folio n° 4044)
V. NABOKOV	*Un coup d'aile* suivi de *La Vénitienne* (Folio n° 3930)
P. NERUDA	*La solitude lumineuse* (Folio n° 4103)
F. O'CONNOR	*Un heureux événement* suivi de *La Personne Déplacée* (Folio n° 4280)
K. ÔÉ	*Gibier d'élevage* (Folio n° 3752)
L. OULITSKAÏA	*La maison de Lialia* et autres nouvelles (Folio n° 4045)
C. PAVESE	*Terre d'exil* et autres nouvelles (Folio n° 3868)
C. PELLETIER	*Intimités* et autres nouvelles (Folio n° 4281)
PIDANSAT DE MAIROBERT	*Confession d'une jeune fille* (Folio n° 4392)
L. PIRANDELLO	*Première nuit* et autres nouvelles (Folio n° 3794)
E. A. POE	*Aventure sans pareille d'un certain Hans Pfaall* (Folio n° 3862)
J.-B. POUY	*La mauvaise graine* et autres nouvelles (Folio n° 4321)
M. PROUST	*L'affaire Lemoine* (Folio n° 4325)
QIAN ZHONGSHU	*Pensée fidèle* suivi de *Inspiration* (Folio n° 4324)
R. RENDELL	*L'Arbousier* (Folio n° 3620)
P. ROTH	*L'habit ne fait pas le moine* précédé de *Défenseur de la foi* (Folio n° 3630)
D. A. F. DE SADE	*Ernestine. Nouvelle suédoise* (Folio n° 3698)
D. A. F. DE SADE	*La Philosophie dans le boudoir* (Les quatre premiers dialogues) (Folio n° 4150)
SAINT AUGUSTIN	*La Création du monde et le Temps* suivi de *Le Ciel et la Terre* (Folio n° 4322)
A. DE SAINT-EXUPÉRY	*Lettre à un otage* (Folio n° 4104)
J.-P. SARTRE	*L'enfance d'un chef* (Folio n° 3932)
B. SCHLINK	*La circoncision* (Folio n° 3869)

B. SCHULZ	*Le printemps* (Folio n° 4323)
L. SCIASCIA	*Mort de l'Inquisiteur* (Folio n° 3631)
SÉNÈQUE	*De la constance du sage* suivi de *De la tranquillité de l'âme* (Folio n° 3933)
G. SIMENON	*L'énigme de la* Marie-Galante (Folio n° 3863)
D. SIMMONS	*Les Fosses d'Iverson* (Folio n° 3968)
J. B. SINGER	*La destruction de Kreshev* (Folio n° 3871)
P. SOLLERS	*Liberté du XVIIIème* (Folio n° 3756)
STENDHAL	*Féder ou Le Mari d'argent* (Folio n° 4197)
R. L. STEVENSON	*Le Club du suicide* (Folio n° 3934)
I. SVEVO	*L'assassinat de la Via Belpoggio* et autres nouvelles (Folio n° 4151)
R. TAGORE	*La petite mariée* suivi de *Nuage et soleil* (Folio n° 4046)
J. TANIZAKI	*Le coupeur de roseaux* (Folio n° 3969)
J. TANIZAKI	*Le meurtre d'O-Tsuya* (Folio n° 4195)
A. TCHEKHOV	*Une banale histoire* (Folio n° 4105)
L. TOLSTOÏ	*Le réveillon du jeune tsar* et autres contes (Folio n° 4199)
I. TOURGUÉNIEV	*Clara Militch* (Folio n° 4047)
M. TOURNIER	*Lieux dits* (Folio n° 3699)
M. VARGAS LLOSA	*Les chiots* (Folio n° 3760)
P. VERLAINE	*Chansons pour elle* et autres poèmes érotiques (Folio n° 3700)
L. DE VINCI	*Prophéties* précédé de *Philosophie et Aphorismes* (Folio n° 4282)
VOLTAIRE	*Traité sur la Tolérance* (Folio n° 3870)
WANG CHONG	*De la mort* (Folio n° 4393)
H. G. WELLS	*Un rêve d'Armageddon* précédé de *La porte dans le mur* (Folio n° 4048)
E. WHARTON	*Les lettres* (Folio n° 3935)

O. WILDE	*La Ballade de la geôle de Reading* précédé de *Poèmes* (Folio n° 4200)
R. WRIGHT	*L'homme qui vivait sous terre* (Folio n° 3970)
M. YOURCENAR	*Le Coup de Grâce* (Folio n° 4394)

Composition Bussière.
Impression Novoprint
le 4 septembre 2006.
Dépôt légal : septembre 2006.

ISBN 2-07-033990-4./Imprimé en Espagne.

145168